露易丝·海“内心的力量”自助系列

GRATITUDE

感恩的力量

A WAY of LIFE

[美]露易丝·海 等著　　孟瑶 译

U0956111

中国宇航出版社

·北京·

著作权合同登记号：图字：01-2024-1035号

图书在版编目（CIP）数据

感恩的力量 /（美）露易丝·海等著 ; 孟瑶译. --北京 : 中国宇航出版社, 2024.6
书名原文: Gratitude: A Way of Life
ISBN 978-7-5159-2353-6

Ⅰ. ①感… Ⅱ. ①露… ②孟… Ⅲ. ①故事－作品集－世界 Ⅳ. ①I14

中国国家版本馆CIP数据核字(2024)第069174号

策划编辑 田芳卿 **封面设计** 高 瓦
责任编辑 田芳卿 **责任校对** 谭 颖

出版发行 中国宇航出版社
社 址 北京市阜成路8号 **邮 编** 100830
(010) 68768548
网 址 www.caphbook.com
经 销 新华书店
发行部 (010) 68767386 (010) 68371900
(010) 68767382 (010) 88100613 (传真)
零售店 读者服务部
(010) 68371105
承 印 北京中科印刷有限公司
版 次 2024年6月第1版 2024年6月第1次印刷
规 格 710×1000 **开 本** 1/16
印 张 13.25 **字 数** 108千字
书 号 ISBN 978-7-5159-2353-6
定 价 42.00元

本书如有印装质量问题，可与发行部联系调换

《感恩的力量》

英文版读者评论

[选自亚马逊网站]

我非常喜欢露易丝·海——一个了不起的女人。她知识渊博，能为所有人提供帮助，她的书和音频对我帮助很大。这本书中的内容全是关于感恩的，太棒了！该书每篇文章都是由不同的作者写的，每篇文章都是不同作者的故事和感恩观，太棒了！这本书可以让你意识到自己真的需要感恩，感恩可以为生活带来更多美好。它还有助于让你心情更好、更积极，因为你正在回顾所有你必须感恩的事情。这本书可以彻底改变你的看法，从而改变你的生活。很棒的一本书！我爱你，露易丝，非常感谢！

我喜欢这本书，它真的让我感觉很好，也让我流了很多眼泪。书中内容是从故事的角度讲述的，我认为目的是让你体会到自己在日常生活中的幸运程度。如果你想让自己意识到自己有多幸运，或者想要更深入地欣赏日常生活的灵感，我会推荐这本书。

每一页都充满智慧、光明和爱。我比开始读这本书时更感激它，它让我成为一个更好的自己。书中每位作者都以自己的风格，为我们提供了有意识地感恩生活的活生生的例子。谢谢！

每当我开始专注于负面事物并开始愤怒或抱怨时，这本书都会帮助我重回快乐。生活在感恩的状态下，会让生活变得很神奇，也让我的心感觉就像要飞翔一样。谢谢你提醒我，露易丝·海，我唯一需要的精神工具就是找到值得感恩的东西！

这本书为我的生活带来了意义和美好。每天早上煮好第一杯咖啡后，我会坐下来阅读其中的一篇文章，读完只需大约 10 分钟，这是开始崭新一天的绝佳方式。在我买这本书之前，我以为我对感恩了如指掌，但现在我开始意识到感恩本身就是一种生命力，就像通往幸福的火车，阅读其中的文章就像购买一张车票。非常感谢这本书，它是我的宝藏！

露易丝·海召集了一些优秀的作者撰写的有关在生活中如何感恩的文集。我早晨已经形成了一种习惯，那就是阅读其中的一篇文章，写下四五句话，表达对生活各个方面的感恩之情，而且我每次都能获得激增的能量。书中许多作者都提到了这一点：一个人不可能在感恩的同时觉得不开心。而且我发现，这本书中众多作者聚集在一起讨论感恩这个话题，这是一个千载难逢的机会，我们从阅读中可以获得真正能带来宁静的能量。

这是一本很棒的书，它确实让你大开眼界。有时候我们会忘记对我们所拥有的一切以及我们遇到的所有朋友表达感恩，它让我进行了深入的思考，这正是我所需要的。每个人都应该阅读并享受它，有时候我们真的忘记感恩生活中的各种事物。

这本书太神奇了，有些故事确实会对我产生影响。这本书最初是作为礼物收到的，后来我把它当作礼物送给了很多人。我把它放在床头柜里，以备我需要阅读时触手可及。

书中的作者每天都提醒我们感恩的重要性。感恩之心确实是一颗开放的心，用奇迹和挑战来欣赏和对待生活。书中文章简短易读，如果你出于某种原因感到沮丧，请阅读几篇文章，你的心情一定会有所改善！

这本书让我们对一生中所有美好的事物产生了新的认识，我们应该意识到并真正感恩这些美好的事物。人们往往会忘记感恩并把很多事情视作理所当然，比如说最简单的，感激你的汽车每天载着你到处奔跑，或者在非常疲倦的时候，感谢你晚上有一张温暖舒适的床。我们往往不会考虑这些，因为我们在生活中每天都拥有和使用它们，我们只是希望它们永远存在。在忙碌的生活中，我们已经忘记了感恩，露易丝·海的这本书可以帮助大家记起这一切。当你开始思考生活中的每件事并表达感恩之情时，你得到的感受会让你惊讶——美好的或者即使不那么美好的事物，也能给我们带来宝贵的人生教训，我们应该对此感激不已。

这本书让我停下来，看看我生活中的一切并感恩一切。我现在确保每天至少能想到10件值得感恩的事情。我已经做了将近两个星期了，这样的感觉真的很好。

这是一本很棒的书，它确实让你大开眼界。有时候我们会忘记对我们所拥有的一切以及我们遇到的所有朋友表达感恩，它让我进行了深入的思考，这正是我所需要的。每个人都应该阅读并享受它，有时候我们真的忘记感恩生活中的各种事物。

露易丝·海是我一直以来最喜欢的作家之一，20多年来她一直激励着我。这本书很棒，包含了关于生活中感恩力量的永恒真理。书中文字既简单又深刻，我一定会向任何有兴趣通过日常感恩来改变生活的人推荐这本书。

致本书所有的贡献者，非常感谢你们！

露易丝·海

声明

很高兴能和我的朋友以及全世界的朋友们分享这本特别的书。本书所有收益都将捐献给慈善机构——海氏基金会，该基金会致力于改善人们的生活质量，包括艾滋病患者和受虐妇女。

当你读到书中那些充满爱且鼓舞人心的想法时，请花点儿时间，想一想你生命中所有值得感恩的事情。

目录

感恩宇宙

露易丝·海

露易丝·海是一位心灵导师，自1984年她的畅销书《生命的重建》出版以来，全球销量超过5000万册，鼓舞了数千万人。露易丝为大家展示了如何运用“肯定的力量”为自己带来积极的变化，并以此闻名于世。她的著作超过30多部，有成人读物，也有儿童读本，其中包括畅销书《开启内心的力量》和《身心的重建》。除此之外，露易丝还制作了许多音频和视频节目、警句卡片、在线课程等，致力于为人们带来健康、快乐和充实的生活。

我发现宇宙喜欢感恩的人，你越是懂得感恩，就越能得到更多好处。所谓“好处”，不仅仅是物质上的收益，还有那些让生活变得精彩的人物、境遇和经历。当你的生活充满爱、欢乐、健康和创造力，事事顺遂，这种感觉好极了，我们的生活本应如此。宇宙是一个慷慨、富足的给予者，喜欢我们对它心怀感恩。

回想一下你给朋友送礼物时的感受。如果那个人看到你的礼物，脸色一沉，或者说：这个尺码我穿不了，这种颜色不适合我，我从来不用这种东西，这就是你要送我的东西？那么我敢肯定，你以后再也不想送她礼物了。如果看到礼物时她的眼中充满了喜悦，面带感激之情，那么今后只要你看到她喜欢的东西，就会产生买给她的冲动，不管你是否真的这样做了。

有了感恩之心，你会发现更多值得感恩的事，并让你的生活更加丰富多彩。不懂得感恩，或者只知道抱怨，生活就不会有什么快乐可言。爱抱怨的人会觉得自己生活中没有什么美好的东西，或者对自己拥有的一切都不满意。有了感恩之心，世上一切渴望得到的东西，上天总是会慷慨地给予我们。

很多人从小受到的教育是去关注自己没有的东西，从而感觉生活匮乏。我们承认世界上的资源是稀缺的，却又抱怨自己为何会感到匮乏。

如果我们认为“我缺这少那，除非我拥有那些东西，否则我就无法快乐”，那么我们的生活就会停滞不前。因为宇宙从你这里听到的是“我生活匮乏，我不快乐”。你越是这么想，你的生活就会越匮乏。

长期以来，我接受每个赞美和每份礼物，并总是这样说：“我满怀欣喜地接受这一切。”我发现宇宙喜欢这样的表达，因此，我不断得到更美妙的礼物。

早上睁开眼睛之前，我做的第一件事就是感恩我的床，感恩它让我睡了个好觉，感恩它给我带来温暖和舒适。然后，我就很容易想到更多让我感恩的事情。到我开始起床的时候，我可能已经对生活中80或100个不同的人、地方、事物和经历表达了感恩之情。这样开始新的一天，感觉真是太美好了！

睡觉前，回顾一天中发生的事情，我感到幸福并心存感恩。如果我觉得自己有些地方做得不好，说了欠考虑的话，或者做了不太明智的决定，我也会原谅自己。这样做让我内心充满了温暖的感觉，之后我就会像个婴儿那样轻轻地进入梦乡。

我们甚至要感恩所有的教训，不要回避这个问题，因为它们就像是上天赐予我们的一个宝藏。当我们吸取教训时，生活就会变得更美好。现在，每当我看到自己的某些不足，我都会感到高兴，我知道，这意味着我将放下那些阻碍我前进的绊脚石。我会说:“谢谢你让我看到自己的问题，我可以修复它，并继续前行。”无论是突然出现的“问题”，还是一个新发现的内心消极模式，我都会放下它们，都会为自己的新发现感到高兴!

让我们每天花尽可能多的时间去感恩生活中美好的一切。如果你现在拥有的不多，不必担心，你会拥有更多。如果你现在生活丰足，你依然会拥有更多。这是一个双赢的局面，你感到快乐，宇宙也是。记住，感恩会为你带来丰饶。

开始写感恩日记吧。每天记下一些值得感恩的事情，每天都告诉别人你有多么感恩。告诉身边的售货员、服务员、快递员、老板、员工、朋友、家人，甚至陌生人，你对他们十分感恩。学会分享感恩，并让他人感受到感恩的神奇力量。让我们一起努力，创造一个充满感恩的世界，心怀感恩地给予和接受!

感谢那些无须治愈的东西

琼·博里森科

琼·博里森科博士是一位心灵导师，自1984年她的畅销书《生命的重建》出版以来，全球销量超过5000万册，鼓舞了数千万人。露易丝为大家展示了如何运用“肯定的力量”为自己带来积极的变化，并以此闻名于世。她的著作超过30多部，有成人读物，也有儿童读本，其中包括畅销书《开启内心的力量》和《身心的重建》。除此之外，露易丝还制作了许多音频和视频节目、警句卡片、在线课程等，致力于为人们带来健康、快乐和充实的生活。

一个晴朗的冬日，我决定在我居住的科罗拉多荒凉的小镇散散步。天空一片湛蓝，这是落基山脉高海拔地区特有的景色。三月初的阳光，把金色洒在高大的云杉树上。刚下过雪，晶莹的雪花闪动着美妙的彩光。山峰巍峨耸立，掩映在浓淡不匀的灰绿中。云层捉摸不定，像薄雾一般飘浮在迷人的山谷中。

我沿着这条路不停地走着，对周围美景几乎视而不见。在抵达山下医院做乳腺活检之前，我试图放松一下。实际上，我在想象自己可能面对的各种令人担忧的检查结果。我的思想滑入了固有的恐惧模式，想象着最坏的可能，并越陷越深。不只是我的身体危在旦夕，生活中的其他方面也不尽如人意。人生的杯子看起来空了一半，而且剩下的这半杯似乎也被污染了！

最近，我和结婚近 24 年的丈夫离婚了。我最小的孩子快 22 岁了，他为此感到难过，当然，这是我的错。我感到身心俱疲，精疲力尽。这，也是我的错。我一手创造的生活竟是如此糟糕，然而我似乎应当是别人的榜样。内疚、恐惧、愤怒、失望和内心刺耳的喋喋不休夹杂在一起笼罩着我。我继续走在这条路上，这原本应是一次单纯且放松的散步。

突然，我感到屁股一阵剧痛，这剧烈的疼痛打断了我的胡思乱想。我太过专注于自己内省的画面，以至于完全没有意识到一只巨大的德国牧羊犬正迅速靠近我。它一跃而起，并毫不客气地在我的屁股上咬了一口。

我的大脑立刻生成一幅新的画面：在博尔德社区医院的急诊室里，我正在缝合臀部的伤口，同时被注射了大剂量的破伤风疫苗和狂犬病疫苗。毫无疑问，这次意外将使我错过乳腺活检，我不得不改天再去接受新的检查和折磨。

我把手伸进裤子，以为会摸到黏糊糊的血。然而，事实出乎我的意料。我突然备感振奋，马上溜到旁边的灌木丛中，脱下裤子，仔细检查伤口。我的臀部虽然有些红色的咬痕，那是一副完美的犬齿咬痕，但皮肤竟然完好无损。我高兴得大叫了一声，迅速穿好裤子，急速冲出灌木丛，并由衷地发出感谢之声。不用去急诊室，不用打破伤风疫苗，不用担心狂犬病导致的痛苦和死亡，我能按时去做乳腺活检了，我真的是太幸运了。

突然间，整个事件变得非常滑稽，那只可恶的牧羊犬变成了一个幸运之神："醒醒吧，愚蠢的人类！感受那照在脸上的阳光，穿过发丝的微风。你活着，世界是如此美丽。起伏的山峦充满生机，一天伊始，你可以体验无限的可能性，创造无尽的未来。"

愤恨的面纱从我眼前消失，我突然发现自己对生命这份礼物充满了感恩。每一次呼吸都是宝贵的，每迈出一步都是奇迹。那些困扰我的压力，似乎是有人精心设计的挑战，召唤我更用心、更真实地创造生活。平静的感觉就像无数羽毛包裹着我，一双无形的臂弯拥抱着我。

感恩真的就像是一根魔术棒，让我们的心理瞬间从迷惘转向开朗，从停滞转向前进，从恐惧转向爱。当我们心存感恩时，放松和专注当下的能力就会飘然而至。看到星星或彩虹是一种恩赐；食物、美酒和水是恩赐；甚至去洗手间也是如此，因为这代表着内脏功能一切正常！在一天中，我会时常有感而发地感恩和祈祷，感恩这拥有无限创造力的宇宙，感恩宇宙的未知奥秘。感谢这只德国牧羊犬，在最不可思议的时候唤醒了我！

我曾经参加过一个疗愈仪式，为生活中所有不需要疗愈的事情祈祷。感谢那只德国牧羊犬没有咬破我的屁股。感谢我的乳腺活检结果是阴性。感谢我身体健康，而且能够记住——至少时不时地记住——感恩是实现和平、快乐和创造的关键。愿你也能记住这个诀窍。

今晚，在你上床睡觉之前，花点儿时间，感谢你生命中五件不需要治愈的事情。在一天中，当你对可能恶化的事情进一步胡思乱想之前，记得为所有的美好感恩祈祷。

感恩的回响

卡洛琳·布拉顿

卡洛琳·布拉顿是美国弗吉尼亚州唯一的整体治疗中心——罗诺克生命流中心的联合创始人，她也是一名牧师。卡洛琳参加过露易丝·海的两个强化训练项目，几年来，基于露易丝·海的著作《生命的重建》和詹姆斯·莱德菲尔德的畅销书《塞莱斯廷预言》，她在美国及海外举办各种讲习班和研讨会。

回顾人生，我发现它竟是以如此不可思议的方式展开。通过学习心理疗愈大师们的课程，我看到自己生命中黑暗的角落。对于这个奇妙的、被称为生命的东西，我充满敬畏！是的，我的确心存感恩。感恩的心情时强时弱，但无论如何，我满怀谦卑地感恩，因为我有机会在有史以来最幸运的时刻呈现我的人生。

学会感恩，对一个人的生活质量至关重要。对我而言，当我处在感恩的状态时，我与外界的通道是打开的，能够接收所有美好的东西，反之亦然。如果我的生活一切如常，那么我所做的就是检查自己的感恩记录表，从中发现不足。封闭的内心只会阻断通往幸福、快乐和福佑的道路。

我们习惯以一种“假装感恩”的方式行事——也就是说，我们表现得很感恩，即使我们发现自己很难唤起那种感恩时自然生起的温暖感觉。可用不了多久，我们就能感觉到我们缺乏感恩了！

我喜欢一边开车，一边为所有我觉得应当感恩的事情哼唱。我以一句简单的感谢开始，这似乎让我想起所有令我感恩的事情。当我的感恩之情不够强烈时，这种做法尤其令人振奋。我哼唱的歌曲或小调经常会变得很有创意，然后我会发现自己在微笑。顺便说一句，你就是自己最好的朋友，这么做会让你得到最好的润泽和快乐！

我还喜欢说“谢谢”，并且加上一个“好的”！正如露易丝·海在她精彩的肯定句练习中所说："我对生活说'好的'，生活也会对我说'好的'！"当快乐的化学物质在你的头脑、身体中流淌时，灵光会从你身上散发出来，照射到周围每一个人和每一件事上，之后再返回到你身上，并且会加倍返还！

有时候，我们忘记了自己是宇宙的杰作，忘记了我们来到世间就是要享受生命！我们可以充满喜悦地接受教训而不必那么痛苦。当我们的心中充满爱、感恩和感激时，我们将会更好地获得帮助。当我们请求帮助时，应当对这个世界心怀感恩，因为它是如此乐于帮助我们。那时，我们才会意识到，在人生这条路上，我们从不孤单。

我发现，越是对生活中的小事心怀感恩，越是有更大的惊喜紧随其后。我对每一天都充满期待，期待着所有的惊喜。

如果你对现在的生活感到不满意，那可能是因为你需要调整感恩的态度，在感恩中加入更多的爱，确信你愿意更加感恩，并乐于付出更多。你越是懂得感恩，好运就会更多地降临到你的身上。付出的越多，得到的也会越多。

生活是如此美好，就让它一直美好下去吧！

天使帕蒂

李・卡罗尔

李・卡罗尔是“克里昂系列”丛书的作者。“克里昂系列”是一系列充满爱的作品，讲述了许多关于地球的故事，在世界各地的书店里都能找到它们，这些书成为人们重燃希望和信心的源泉。他也是《靛蓝儿童》一书的合著者。本文以文学虚构的形式，展示了给予、感恩和赞美为人生带来的美好体验。

天使帕蒂

李·卡罗尔

我被告知生命已所剩无多，我的生命火花迟早会在日渐衰弱的身体中消耗殆尽。每天，我都躺在同一个地方，盯着旁边的墙壁，等待帕蒂的到来。她每天下午 3 点左右会过来给我读书，她会握着我的手，擦擦我的额头，说一些安慰我的话，然后在下午 6 点钟离开。每次分别时，我都假装不在意她的离开，然后纳闷儿为什么我又要吃晚饭了，这似乎是在浪费粮食。

帕蒂知道我来日无多，但她的眼睛里闪烁着希望的光芒。她的话总是令人振奋，即使在我最痛苦的时候，她也微笑着，用一种特别的眼神看着我，说：“别再自怨自怜了，来，坐起来。”神奇的是，我每次竟然都能按照她说的做。这并不难做到，因为面对一个充满活力的人，能够陪伴我人生最后的时光，让我觉得好像这么做是有意义的。我害怕面对亲戚们的探视，探视时尴尬的沉默，低垂的眼睛，以及他们流露出的悲伤之情，这些都让我难以承受。但，帕蒂不同。

帕蒂并不是一位受过专业训练的护士，也不是经过培训的临终关怀工作者，她只是一位普通的志愿者，选择每天下午读书给我听。她喜欢读书，我记得自己曾经盯着她看了好几个小时，她读书时几乎目不转睛。她会表情丰富地为我读所有我爱听的故事，为了表达得更加传神，她会根据故事情节一会儿哭，一会儿笑。每隔一段时间，她会抬头看看我是否还在倾听，或者有什么需求。我从来不需要什么，当她坐在我身边的时候，她的存在足以驱走我的痛苦和恐惧，让它们消失得无影无踪。

每天早晨都是最痛苦的，他们又给我准备了早餐，这令我十分反感，何必吃早餐呢？有时，我感到身体从内到外都被啃食干净了，疼痛也会伴随着这种幻觉铺天盖地地袭来。有时，我祈求解脱，因为我知道等待我的将是什么。我祈祷死亡早日到来，不管哪位神明能听到。我哭着、喊着，厌倦了这些麻烦和折腾……

然后，帕蒂出现了，一切都改变了。

我们从没提过我即将死去这件事，她对我的态度就好像我随时都会跳起来去参加一场田径比赛。她眼中没有那种可怜我的神情，而其他所有来探视的人眼中都是可怜的神情。她告诉我她孩子和丈夫的名字，我甚至还跟他们见了面。多好的一家人啊！他们似乎都不介意面对一个垂死的人，好像他们参加过某种天使培训班一样！后来，帕蒂告诉我一个秘密，那是她唯一一次提到她的灵性世界，或者说与灵性有关的事情。

她告诉我，我就身处自己选择的地方，每个人的人生道路都充满尊严与荣耀。我环顾四周，看到自己的便盆、未满的尿袋和插在手腕上的管子，然后忍不住哂笑她。我双眼通红且日益严重，面如死灰，我用那只插满管子的手做了个手势，大声说：“尊严，是吧？”我哈哈大笑。但她继续说，她和她的家人都认为我这一生所做的事，对这个星球具有独特的意义。尽管我的处境如此糟糕，但在某种意义上说，这是最好的安排。我完全无法理解，但我得到了安慰。她的话让我陷入深深的思考，尽管她几个小时前就离开了。

时间终于到了，我也得到了一个重要的答复，这是我最常祈祷的请求。我祈祷（生病之前，我从未这样虔诚）让我在天使帕蒂面前离开这个世界，我如愿以偿了！

死亡的过程比我想象得要容易……帕蒂刚念到《指环王》中我最喜欢的段落，我的心脏就停止了跳动。当我意识到发生了什么事的时候，我感到一阵恐惧。帕蒂停止了阅读，好像跟我有心灵感应一样。她用一种我从未见过的眼神看着我，然后，我意识到她经历过这一幕。她的眼中闪着一丝会意的光芒，说："安心地去吧。"她把手放在我的胸口上，我们在沉默中对视，黑暗短暂地笼罩了我。

我感觉到一束强烈的光！我自由了！我从这痛苦的躯壳中解脱出来，飘浮到我身体的上方，同时看着整个房间里的一切。我看着那疲惫、虚弱的身体一动不动地躺在床上，帕蒂的手还放在我的胸口。她慢慢地合上书，一动不动。直到那时，她才流泪了，她为我的解脱流下了喜悦的泪水……她脸上似乎充满了对我生命的敬意，而我目睹了这一切！

轻轻地，我飘得更远，看到了她天使般的翅膀。我意识到，我以自己的离去庄严了这个世界，她也以她天使般的关怀庄严了这个世界。她的身体真的在闪闪发光，好像她的头上有一道彩虹。我的天使原来真的是一个天使，至少她是地球上的天使！

房间开始渐渐消失，我意识到我还没有告诉帕蒂我很感激她的陪伴与照料。她所做的一切，让等待死亡的日子变得不那么难熬，我对她的感激之情溢于言表……但也许太晚了！她知道我很感激她对我的慰籍吗？我无法接受，一生中对我帮助最大的人，却没能听到我对她说我有多么感激她。然后，我看到周围出现了其他人，也明白即将要发生的事，我很平静。

她是知道的，别问我是怎么知道的，但我确信帕蒂知道。虽然我即将离开，但她知道我是多么的感恩。我看到她举起张开的手，抬头看向我，好像她真的能看到我一般！她在对我挥手吗？这不可思议的一幕逐渐消失，新的一幕开始呈现，是时候离开了。

帕蒂静静地在我的身旁坐了一会儿，将手和脸都转向天花板。她经历过这样的场景，她感觉到生命本体离开了她躺在床上的朋友。然后，她等待接下来发生的事，她沐浴在神赐的爱中。屋子里的气氛很宁静，就像一团温暖的薄雾，随着众人对她所做所为的感恩而颤动。

这就是她为什么很少在这个时候悲伤的原因，在这样一个庄严的时刻，谁又会感到悲伤呢？失去亲人和朋友的悲痛之后会到来，但现在帕蒂继续坐在那里，感受着这庄严的时刻，赞美她曾经帮助过的生命。没有任何人进来，唯有她独自感受着那来自天国众生对她的爱、感恩和赞美，这爱、感恩和赞美聚集在她的身边。帕蒂明白正在发生的事，并宁静地接受那些感恩。

帕蒂感到焕然一新，她缓慢地站起身来，将床单轻轻地覆盖在她朋友的脸上。她站起身，向医院办公室走去。在那个晚上，她将有下一个临终病人的任务，她将为那个人读书，直至他生命的最后时刻。届时，那神圣的感恩将再次降临到她的身上，她将得到无与伦比的爱与洗礼。

我爱我的墙

艾伦·科恩

艾伦·科恩著有多种畅销励志书籍，其中包括经典之作《龙不在这里了》《我一直拥有它》和《生命的深呼吸》。他还是畅销丛书“心灵鸡汤”的特约作者，并在许多新潮报纸和杂志上发表名为“心语”的专栏。艾伦出席不同国家和地区的研讨会，现居住在美国夏威夷毛伊岛，并在这里开展有关灵性觉醒和“有远见的生活”计划项目。

我爱我的墙

艾伦·科恩

一个星期六，我们去了必胜客，逛了商场，看了电影。然后，我开车送我 10 岁的干女儿萨曼莎去她们的新家。当我们驶离高速公路，走上一条通往她家的土路时，我才知道她和她的父母住在田野里一辆破旧的校车上。我的心沉了下去。

当萨曼莎带着我参观她的住处时，我感到很难过。我很爱这个小女孩，而她竟然在如此恶劣的环境下成长。我难过地注视着铁皮墙上锈迹斑斑的接缝、裂开的窗户以及漏雨的屋顶。显然，她的家庭深陷贫困，勉强维持着生计。我真想将她从这贫困的环境中解救出来。

萨曼莎抬起头，用她那双棕色的大眼睛看着我，问道：“你想参观我的房间吗？”

“好啊。”我不知所措地回答。

小女孩拉着我的手，领着我上了一个临时搭建的楼梯，它通向一个加盖在校车顶上的小木屋。我的心感到有些痛，她的房间和其他地方的情况一样糟糕，只能勉强住人。环顾四周，我注意到她的房间里有一件十分引人注目的东西，那是一幅彩色的挂毯，挂在房间里所谓的“墙”上。

“你觉得住在这里怎么样？”我问萨曼莎，同时等待她沮丧的回答。

令我惊讶的是，她的面容明亮起来。“我爱我的墙！”她咯咯地笑着说。

我顿时目瞪口呆。萨曼莎不是在开玩笑，她是真的很喜欢这个地方。因为这面色彩斑斓的挂毯，这孩子就觉得像生活在天堂一般，这幅挂毯是她的关注点，她很开心。

在驱车回家的路上，我心中生起一种敬畏之情。这个 10 岁女孩用感恩的眼光看待自己的生活，让一切都变得那么不同。我开始反思生活中我所抱怨的事情，我意识到，我总是专注于自己缺少的东西，而忽略了自己已经拥有的东西。我的关注点是那锈迹斑斑的校车，而不是那块五彩缤纷的挂毯。于是，我把萨曼莎的话当成了我的冥想之语："我爱我的墙！"

感恩并不仅仅是我们经历事件的结果，而是一种通过实践培养起来的态度。我们越是对生活心怀感恩，就越能发现生活中值得感恩的东西。我曾听说过一个名叫莎拉的女士，在一次意外事故中瘫倒在病床，除了一只手的小指以外，全身没有一个地方能够动弹。然而，莎拉决定好好利用自己目前还拥有的能力，而不是为失去的能力悲伤哀叹。她开始庆幸自己还有一只可以活动的手指，并且创造了一套用小指表达"是"和"不是"的手语。莎拉十分珍视与人交流的机会，并因此变得更加快乐。随着不断的祝福，她身体的活动能力也逐渐恢复。没过多久，莎拉开始能够移动自己的手指、手臂，最终全身都恢复了活动的能力。这一切都始于态度的转变：从抱怨到祝福。

哈维尔·亨德里克斯的书《得到你想要的爱》已经成为一本十分受欢迎的恋爱手册。得到你想要的爱，第一步是感激你所拥有的爱。宇宙总是给你更多你所关注的东西。《圣经》中说："凡有的，还要加给他，叫他有余；凡没有的，连他所有的，也要夺去。"这里阐明了一个玄妙的道理，给人们带来丰饶的关键是人们要专注自己已经拥有或者希望拥有的东西，而不是缺乏或者不想要的东西。

我们可以用两种视角来看待任何经历：一是从匮乏的角度，二是从丰饶的角度。恐惧的眼光看到的是局限性，而爱的眼光看到的是可能性。每一种态度都会得到相应的结果，如果你将对恐惧的执着转化为对爱的忠诚，不论你走到何处，爱都会支持你。《奇迹课程》告诉我们："感恩之心的背后，爱必定如影随形。"

感恩带来的礼物

李·科伊特

20多年前，李·科伊特开始寻找让自己感到痛苦和挫折的原因。他决定花一年的时间去寻找这些原因，结果他发现了一个内在的导引系统。从那时起，做任何决策时，他都听从内心的声音，这给他带来了幸福宁静的生活，也让他撰写出几本畅销书，如《倾听与接纳》。他还在美国和欧洲各地举办讲座和讲习班。近十年来，他主要经营拉斯布里萨斯静修中心，从一个无比忙碌的广告公司经理转变为一个满足且快乐的人，给那些追求美好生活的人带来了希望。

我认为感恩是一种感激的语言或行为，以回应某人的善意，这是我早期训练的一部分。即使我真的觉得没必要，也要始终说“谢谢”。在任何对我们有益的事情中，感恩之情都可以成为一种自动的反应。通常来说，当我们表示感恩时，并没有意识到随之而来的众多好处。就像过感恩节一样，感恩可能会变得过于形式化，因而失去了真正的含义。比如“你好吗”这句话，并非是在问问题，而是一句问候语，而“谢谢”则是人际交往中一种美好的结束语。

当我们表达感恩之心时，会有什么收获呢？一则古老的心灵教义曾说：“给予和接受并无区别。”如果真是这样，那么感恩对我们有什么益处？首先，感恩拥有强大的疗愈力量。很久以前我就发现，对自己所拥有的一切心存感恩，可以帮我克服自怨自艾的情绪。对别人的感恩能提高我们的幸福水平，每当我觉得自己不被赏识时，就会想想最近发生在我身上所有美好的事，我就又会感到快乐了。

感恩所拥有的一切，能有效地消除失落感。当我意识到我正在接受所有的爱时，我就能很快忘记我所面临的困难。感恩是一种很好的疗愈方法，能让我从消极的状态中转移注意力，把它转到有意义的事情上。我是否感恩我神圣的本源或我的朋友并不重要，重要的是我能意识到我正在接受什么，并将感恩之情付诸行动，这一简单的行为，就能为我带来我所期望的快乐状态。

关于感恩，我注意到的第二点是，通过对曾经的人或事心怀感恩，可以将此刻的幸福延伸到过去。每当此时，我就会不由自主地微笑，追忆那些与好朋友共度的美好时光，让我心中充满喜悦。这些年来，我注意到，我对过去的感恩之情越多，现在的我就会越快乐。当我处在愉悦的回忆中时，也很容易进入感恩的状态。

此外，我的感恩并不排除那些不愉快的回忆。对于那些我们认为伤害过自己的人，生起感恩之心是困难的，但这对治愈十分有效，我称其为无条件的感恩。“无条件”意味着，我们对所有人都秉承感恩之心，无论这个人是否值得感恩。

对我而言，一个有效的方法是记住对方好的一面，放下其他方面。我总能在每个人身上找到令我十分感恩的地方。有时我甚至会想，“至少这些人已经远离我的生活了”，然后我就会放下自己的期望，以及认为他们当初应该如何如何的想法。试着想想他人身上的某个优秀品质，即便这些优点是微不足道的，我也只会关注这一点，放下其他方面的回忆。

例如，我曾经有这样的想法，当我和某个并不期待的人共进午餐时，我们起码会选一个好地方就餐。之后，我会把这个人放在脑海里，尝试从这个人身上挖掘出新的、正面的品质。如果实在找不到新的优秀品质，我也会去关注已经发掘出来的那些正面的品质。坚持这样做，直到我想起这个人时不再感到讨厌或者不再回避。在你感觉到转变之前，神奇的事情已经开始发生。

起初，我可能很难从这些人身上找到值得感恩的地方，但通过不断尝试，他们的一些优秀品质会慢慢地显现出来。也许我并不欣赏这些品质，但并不代表别人也不欣赏。当我继续寻找，过上一段时间，我便能看到曾经的这些人是如何让我受益的。他们可能从未试图帮助过我，但感恩之心拓宽了我的视野，让我看到他们给予我的灵性礼物。真正的灵性礼物能让我从更深层次意识到自己的灵性本质。

如果你怎么也无法发现这些人在世俗层面帮助过你，那也没有关系。如果他们永远不以你认可的方式做出改变，依然没有关系。重要的是，你要诚实地面对自己的感受，不必掩饰过去的伤痛，也不要假装一切都好。

为了看到灵性本质，我不再要求事物按照我希望的方向发展。我会问自己一些问题，这也对自己有所帮助。比如：这个人是怎么帮助我进一步认识到我的灵性本质的？那些人的行为是怎样引导或推动我向有益于灵性成长的方向前进的？即使这种行为对我有害，它又是怎样提高和支持我的灵性生命的？的确，这些问题都不容易回答。

可能我们都想把别人困在责备和内疚中，在这种情况下，无条件地感恩可能会让我们觉得便宜了他们。以我的经验，我可以向你保证，原谅和感恩他人，其实自己会最先受益。感恩与宽恕，首先会让自己解脱。感恩之心会把我们从仇恨和抱怨的牢笼中释放出来。曾经被我们视为不当的对待，就像牢笼的栏杆，而无条件的感恩能够将其熔化。仇恨不仅把我们囚禁在一个自艾自怜的牢笼中，还把那些给予我们爱的人阻隔在外（仇恨的范围很广，不只是单纯地想避开某人，还包括愤怒，它们都属于仇恨的范畴）。以感恩的方式放下过去，才能让现在变得更加美好。

最后，无条件的爱给我们带来的最奇妙的礼物是明察和远见。当我们能无条件地感恩时，我们会发现自己被祝福围绕。我无法解释这是如何发生的，但事实就是这样。以世俗的方式思考，这根本说不通。只有当你真正行动起来，学会无条件地感恩，你才能清晰地看到这美妙的结果。

当我不断感恩生命中过去和现在出现的每个人时，我开始察觉周围的一切实际上是非常和谐的。我意识到，我所认为的伤害和不公，其实是一种误解，一种基于自我感知的错误判断，这种错误判断让我们的自身受到很大的局限。

人类的感知看似十分强大，但它源自我们有限的自我概念。从这个有限且个体化的角度来看，世界充斥着危险和痛苦。如果我们不是站在这种角度，而是从灵性的角度去观察生活中正在发生的事，我们将看到完全不同的场景。我们会看到世界的本来面目，一切都是相互联系和相互支持的。我们会看到每个人都参与其中，每个人的灵性都在其中舞蹈。

重要的是，不要试图研究这种舞蹈，只管让它展示，然后随着节拍舞动。要无条件地感恩，而不要试图控制，这样才会让你从压力和痛苦中解脱出来。无条件地感恩，会让你从沮丧转为原本就应该拥有的平静、快乐和幸福。

感恩之圈

泰瑞·K. 柯林斯

泰瑞·K.柯林斯在智利的圣地亚哥从事风水艺术实践、教学和讲座等工作。她善于向人们展示如何通过“风水之眼”来看待事物，拓宽视野，让生活处于和谐、舒适和平衡之中。著有《西方风水指南：创造属于你的平衡、和谐和富足环境》。

通过观察别人，我学会了如何表达感恩之心。一开始，我也不太擅长此道，不是忘记感恩，就是根本没心情去感恩。我想当然地认为，即便如此，别人也不会发现，就像送了一份他们本就不在意的礼物。如果我心情不错，并真诚地感恩别人，神奇的事情就会发生，一股喜悦感会涌遍我的全身，犹如磁铁般把我和对方紧密地联系在一起。于是，我便记得时常感恩。

我喜欢用不同的方式表达感恩之情，并观察对方的反应。说声“谢谢”，给别人一个惊喜，是非常有趣的事。此时，他们的脸上总是容光焕发，然后我们会心地微笑并握一握手。感恩让我的生命焕发出玫瑰般的光芒，我越是感恩生活中的一切，就会发现更多值得感恩的理由。大到和我志同道合的人、朋友、家人，小到个人事务，比如我的个人事业，感恩之情都能渗透其中。比如，新鲜的插花、一碟橘子、壁炉里的火，不论你感恩什么，都会令快乐加倍！

这是否意味着，因为我感恩今天餐桌上的食物，我很快就会感恩这个社区、这个地区乃至世界上的每个人？是否因为我此时对周围的和平心存感恩，很快就会有机会对世界和平心存感恩？

我认为答案是肯定的。感恩的圈子会一圈圈地扩大，只需要一个感恩的想法，你就能进入这个圈子。当你进来以后，就会看到它不断地扩大。

感恩：生活不可或缺的元素

汤姆·科斯塔

汤姆·科斯塔博士是美国加州沙漠市宗教学会的创始人，目前是国际宗教学会董事会成员。作为一名公众演说家，他经常出现在荧幕上，并在美国、加拿大和英国各地举办讲座和研讨会。著有《人生：你能够做出改变》。

感恩：生活不可或缺的元素

汤姆·科斯塔

在过去的70年里，我一直在培养感恩的态度。

1974年，我成为一名牧师。尽管我对感恩有十分深刻的领悟，但那时，我依然遇到了挑战。我为一个郁郁寡欢的人做心理咨询，他身体健康，每天打网球，事业成功，热爱自己的工作，不久前我还主持了他的婚礼，他有一个充满爱的家庭。然而，尽管他拥有健康、财富、爱情和工作，生活各个方面似乎都很圆满，但他仍然不快乐。

刚刚成为牧师的我感到手足无措，我该为他祈祷什么，怎样才能帮助他走出抑郁呢？在继续治疗的过程中，我发现他是一个缺乏感恩的人。对于他的健康、财富、孩子、家庭，甚至生命本身，他从未有过感恩之心，他认为拥有这一切都是理所应当的。这激发我去探索更多关于生命中这个模糊却至关重要的元素——感恩。

我清楚地记得几年前，我正在进行匿名戒酒会十二步计划中的第五步。第五步是这样的：由一个人（比如神职人员）聆听一名酗酒者讲述自己的生活，直至承认自己酗酒的事实。一位年轻女士对我说："在你感恩时，不可能感到不快乐。"

我可能比她大40岁左右，但她的话令我震惊。我从来没有听过这样的话，她却"一语道破"，这话太有道理了！从那以后，在课堂上、研讨会上以及我的个人生活中，我都秉承这种理念。你不可能感恩的同时又不开心，从情绪上来说，这无法做到。

我成长于一个天主教家庭，当我想到这个观点时，我记起了我们曾经使用的念珠。就我个人而言，我现在拥有感恩之心，它就好比精神上的念珠，我每天都会拨动这些“念珠”，通常是在早晨的冥想和祈祷中拨动它，此时我只想我拥有的赐福，而不去与他人比较。

这种感恩，并不仅限于某一天，而是将它融入生命中的每一天。我有很多“念珠”要数，有的珠子代表帮助过我的人，有的珠子代表没有帮助过我的人，他们让我在生活的各个方面都变得更加强大。这些珠子代表亲密的朋友、家人，代表我健康的身体、感官以及我所珍爱的家。我感恩我的宠物，它们教会我每天都能无条件地爱。我感恩我有能力选择自己的思想、态度和道路。

每天花一点时间，感恩一切你能成就的和无法成就的，感恩一切你所拥有的和你无法拥有的。

请记住：在你感恩时，你不可能感到不快乐！

感恩之语

达雅·玛塔

帕拉宏撒·尤迦南达是灵性经典《一个瑜伽行者的自传》的作者，达雅·玛塔是他最早、最亲近的弟子之一。在过去的40年里，达雅·玛塔一直担任悟真会主席，这是一个由尤迦南达于1920年创立的国际非营利宗教协会，旨在全球范围内传播印度古老的瑜伽学和经久不衰的冥想传统。1931年，在与尤迦南达会面后不久，达雅·玛塔便成为悟真会修道院的修女。从此之后的20多年中，尤迦南达亲自指导她，让她延续他的精神和人道主义工作。作为近代被任命的第一批女性全球宗教运动精神领袖之一，达雅·玛塔开展过数次全球巡回演讲，并著有两本选集《唯有爱》和《发现你内心的快乐》。

感恩是一种品质，它可以为我们的幸福发挥不可估量的作用，因为它是爱的重要组成部分。事实上，它能让我们更接近所有爱的终极源头。

很幸运在尤迦南达在世时，我多年侍奉其左右。我记得，他经常鼓励我们培养一种习惯，那就是欣赏生活中一切美好的事物，即便是微不足道的小事，也不应视为理所应当。对于我们获得的大大小小的恩赐，我们越是心怀感恩，就越能感受到爱的回应。同样，当我们感激我们精神和物质上获得的恩赐时，那神圣的丰饶原则便会更充分地在我们的生活中发挥作用。在每时每刻以及每个经历中，都去体会其中的美好，并怀着感恩之心仰望施予者，这样做是非常有价值的。

那么，如何培养感恩之心呢？一种方法是思考生活中真正让我们感恩的事情。这不一定是什么重大的事情，哪怕只是他人给予我们一个不起眼的善行，比如，一个让我们心情舒畅的微笑就足够了。请记住，这样的经历有助于培养感恩之心。

当美好的赐福降临到你身上时，你要在心里说：“谢谢！”这个简单的练习能带来深远的结果，因为这样可以将美好进一步放大。我们内心的想法很快就会体现在外在的行为上，因此，深切的感恩之心会使我们与相关的人的生活得到升华。

有时候，最值得感恩的恰恰是我们所面临的挑战，因为这能让我们变得更强大，更富有同情心。即使处在生命的低谷，也应感恩，这是一个非常美好的观念，在东西方的经典中都时常被提起。不仅如此，这也是真正的正知正见。即使今生能拥有极至的快乐，也注定会有失去的一天，但感恩是我们永恒的祝福语。无论是喜是悲，当我们低声说一句感恩的话时，我们就能超越尘世生活的波动，并将生活安放于永恒的爱中。

感恩是一种意识

艾米 · 迪恩

艾米 · 迪安是一名作家和演讲者，关注的主题包括自尊、家庭关系和痛苦修复。她的著作很多，包括《美梦》《人生目标》和《每日冥想：克服抑郁、悲伤和忧郁》。艾米现居美国马萨诸塞州梅纳德市。

感恩是一种意识

艾米·迪恩

有这样一位精神导师，他每天的演讲都充满力量并鼓舞人心。他常常要花几个小时去组织这些充满希望、爱、宽恕和喜悦的演讲素材。一天早上，在起身开始当天的演讲之前，他专注于即将宣讲的内容，并知道这可能成为他最精彩的一次演讲。他花了很多时间，一遍遍修改这些充满希望与安慰的文字，并相信很多人会被其中的智慧打动。他微笑着站起来，面对那些前来聆听演讲的人。

此时，一只小鸟飞过来，停在窗台上，全心全意地鸣唱了几分钟，然后飞走了。导师沉默了一会儿，接着把准备好的讲稿收了起来，宣布："今天早上的演讲结束了。"

这个故事对我的启发是：感恩是全身心体验并拥抱自发性的时刻，并非刻意追求或早有预料。不过，你会限制这种情况发生的频率吗？生活匆忙，要去很多地方，要见不同的人，还要解决令人抓狂且解决不完的问题和矛盾，这些都会让你忘记周围的世界充满了奇迹。

每天我都要提醒自己"感恩是一种意识"。我的凌晨是从灯光昏暗的街道上跑步开始的，我的注意力通常分散在很多方面，比如迷蒙不清的道路，以免扭伤脚踝，还有如何安排我一天的计划。在学会感恩之前，我很少在跑步时去关注头顶上的天空，关注黎明前天空中闪烁的星星和月亮。

有一天凌晨，我不经意地抬头看向天空，恰巧有一颗流星划过，这一瞬间对我的影响是不可思议的。我在内心微笑了一下，加快了奔跑的速度。途中，环顾四周，我注意到更多的美：树木的剪影映衬着靛蓝的天空，岩石上的云母碎片在路灯照耀下闪闪发光，路边的溪水发出汩汩的流水声。一整天，我都在告诉朋友们我看到了流星。第二天早上跑步时，我不仅注意看脚下的路，也时不时地转移目光，看看四周和天空。

在那之后，我又看到过两次流星。我也听到过猫头鹰的叫声，看过浮云被微风吹散。这种感官体验让我想起了爱丽丝·沃克在《紫色》中所写的内容，书中人物在日记中写道："我太忙了……我从来没有真正注意世间的任何东西，没注意玉米怎么长出了叶子，没注意野花什么时候长出了紫色的花苞，什么都没注意到。"

每天，你会花多少时间去欣赏自然界的美妙景色？比如，暴风雨后的彩虹，鸟儿在树梢嬉戏玩耍，或者满月时的银色光芒。感恩让你放慢脚步，让你开始感受周围的世界，体会感恩对你感受产生的影响，以及思考你如何度过生命的下一刻。

感恩：生命的奇迹

韦恩·戴尔

韦恩·戴尔博士是国际著名的自我提升领域作家及演说家，著作超过40部，其中21部荣登《纽约时报》畅销书榜。他在世界各地开展的工作给成千上万人带来了启发，并让他们改善了自己的生活状态。

若想让自己生命的每一刻都变得特别，最好的办法之一，就是对生命中的奇迹表达感恩之心。随着你在人生道路上不断成长，请在独处的时候，或是人生重要的时刻，用你自己的内在力量来寻求解决方案，而非寻求特殊的帮助。祈求开启内在智慧，并感恩所获得的帮助。

你随时能够获得神的指引，而非仅限于周日早上的礼拜。不必怀疑这来自内心的觉知，也不必动摇你的信念，它将会改变你人生的方向。

当你越来越能体会到神圣的存在每时每刻在你身体中流动，你就会花更多的时间去欣赏周围的美。当你凝视一只鸟、一朵花、一次日落，一位母亲和她怀中的婴儿，一辆满载孩童的校车或一位老人时，向他们敞开心扉，让爱从你这里传递到他们身上，在彼此之间循环，同时感受爱的回报。练习从周围环境中接受爱，会让你变得更有活力。

能量充斥在一切人与事物当中，你要真心地去欣赏宇宙的美妙，从中获取这种无形的能量。不断练习，你将能通过单纯的对美的欣赏，发送出你所接收到的爱。尝试一下!

对你的世界心存感恩，能够帮助你增强给予的能力。当你心怀感恩时，你会发现一种全新的给予的愿望，因为你希望别人也能体验到你所感受到的快乐。此时你会发现你只想为满足别人的愿望做出贡献，并不期待得到任何回报。

然而，给予和牺牲是不同的。人们通常是为了某件事，或者为了达到某种目的而做出牺牲。当你选择做出牺牲时，你是为了得到，此时你处于一种自我模式中，它会让你认为自己是重要且特别的，你的付出应该得到相应的回报。但“自我”会让你膨胀，让你认为你的付出令你比别人优越，仿佛让你超然于那些不如你努力的人。

如果你付出是因为你觉得自己必须这么做，那么你的动机并非来自更高的自我，这依然是“自我”在作祟，它告诉你，你比接受者要强得多，他们应当感激你。

然而，通过“神圣自我”来培养宽容和爱，这样的付出意义就不同了。当你培养出一种真诚的给予意识时，它源自你对生命中一切恩赐的感恩之心，你便能体会到给予就是获得，获得就是给予。能够体会他人的需求，是我们所能感受到的最幸福的体验之一。回想一下给父母、祖父母和兄弟姐妹送礼物时多么令人兴奋，他们的喜悦之情令你心情舒畅，这感觉甚至比你自己收到礼物还要开心。原因何在？因为给予即获得。

“神圣自我”让你体会到感恩并能够无条件地给予，而“自我”总是需要得到奖励。如果你一如既往地奖励“自我”，它便会永远如此，并让你与爱的感觉分离。让“自我”体会更高自我的爱与宽容，你就会自然而然地开始在现实生活中以同样的方式行事。

真心感恩的意义

尼古拉斯·埃利奥普洛斯

尼古拉斯·埃利奥普洛斯是艾美奖获奖导演和制片人，也是地球之光电影公司和白石娱乐的创始人。尼古拉斯执导的《新世界的愿景》，介绍了露易丝·海、泰德·丹森和丹尼斯·韦弗。尼古拉斯曾在俄罗斯待了一年多，并导演了特别节目《今日俄罗斯：人民的旅程》。他还参与了许多电影制作，包括《犯规》《朝九晚五》和《走出非洲》。

真心感恩的意义

尼古拉斯·埃利奥普洛斯

我是一个对人生十分感恩的人，至少在大多数情况下是这样。直至近几年，我才开始从更广大、更全面的角度理解“感恩”这个概念。我过着所谓的“令人羡慕的人生”，拥有快乐的成长经历和良好的教育，我选择的职业让我收获了成功，但我尚未得到我梦寐以求的一切。像大多数人一样，面对这神奇的被称为“生命”的东西，我经历过痛苦与心碎，经历过快乐与兴奋，幸运的是，我拥有许多关心我的好朋友。我有太多值得感恩的事情，但有一天我意识到，我并不明白什么是真心感恩。

当我开始感受到“生命的伟大力量”时，感恩的意义就变了，这超越了我对上帝的理解。我的一位好友把那种力量称为“神”“女神”“万有”。在那之前，“上帝”的概念只存在于我小时候听过的有关古希腊女神的故事中。我的朋友所说的神是一种“女性力量”，这种力量与上帝共同“孕育”了所有物质，即我们所说的物理学意义上的宇宙。直到我接受了“神”“女神”“万有”这些概念，并亲自求证后，我对真心感恩的概念才得到了极大的拓展。通过研究，我意识到神圣的女性法则最先存在，是女神创造了上帝，然后共同创造了一切万有。

我知道，这与沙文主义的传统宗教对上帝所持的看法不同。世界上大多数宗教甚至根本不承认女神能量。即便有，不管以什么形式存在，她肯定是在上帝之后出现的。女神将“生命”赋予上帝的说法，我从未在任何地方听到过。不管这个想法是对是错，仅仅是对此稍加思索，就突然让我对真心感恩有了全新的认识。我第一次意识到上帝的感恩之心，即上帝对女神的感恩，感恩对他的创造。

我心里想，我自己也感受到了上帝所体会的那种无限的爱和感恩。直到那时，我才真正意识到“生命本身就是一份礼物”。无论过去或现在，我的生命是一份礼物。意识到这一点后，我的感恩之心溢于言表。我想，如果我能像上帝一样感恩自己的生命，那么我的一切，我所做的一切，我所接触的一切，都将具有全新的特殊意义。

在上大学时，我认识一些人，他们说“上帝死了”，或者“上帝不存在”。我总觉得他们所说的其实是自己，也就是说，他们内心的某些东西并不存在，而他们知道这一点。

我最喜欢的作家是《源泉》和《阿特拉斯耸耸肩》的作者安·兰德，她经常被指责为无神论者。有一次，我在电视上看到她说：“我不是无神论者。‘我’永远不会死。当我离开，世界将结束……一个美丽的世界。”她接着解释说：“恰恰相反，我喜欢‘上帝’这个词，因为它的意思是‘至高者中的至高者’。‘上帝保佑你’是一句美妙的话。”

我的好友拉扎里斯说过：“生命是一份礼物，我们要做的就是学会接受它。”对我来说，生命是一份礼物，而感恩是它的基石。如果我朋友允许的话，我想借用他所说的话来总结我的想法：“感恩是一种有形的力量。你感受到的越多，你就会找到更多的理由去感受它。感恩是一种神奇的力量，就像一块磁铁，相比你已经拥有的一切，它会继续创造并吸引更多美好的东西。它就像一种活生生的能量，为你扫清道路，让你体验更多美好。”

生命的伟大设计

詹姆斯·尤班克斯

詹姆斯·尤班克斯是一位成功的作家，还是一位占星学家，并在智利圣地亚哥担任专业顾问。詹姆斯成长于美国阿拉巴马州伯明翰市，毕业于新奥尔良洛约拉大学现代外语和新闻广播学专业。语言学研究生的学习，将他带到了美国西海岸。在那里，他邂逅了新纪元，并接受了多项高度专业化的学科训练。

表达感恩之心，是我内心最自然的意愿。作为一个在阿拉巴马州乡下长大的孩子，我受到的教育是要保持礼貌、慷慨和感恩。长大以后，我秉承这种感恩的观念，将其提炼为一种更容易落实和验证的生活方式。

我一直觉得自己跟别人不同。随着时间的流逝，我开始明白自己为什么会有这种感觉。我曾多年离群索居，虽然这常常令我感到痛苦，但这段经历让我能够更清晰地观察别人。现在，即便我回到了人群中，我也依然保持着对他人的洞察力。人们通常不会每天练习感恩，如果有好事发生，他们会心怀感恩；如果发生了不好的事情，他们肯定不会心怀感恩。以这种方式生活的人，往往感到痛苦、担忧、不安、疲惫、紧张，并且习惯听天由命。我们可以选择相信生活中的悲剧是命运在与我们作对，但那些力量不会与我们争论。

然而，还有另一种方法。

感恩是一种爱的情感反应，当一个人直面生命的伟大设计时，爱就会涌上心头。每天，我都带着期待的心态生活，寻找值得感恩的事情和值得感恩的人。神学将宗教体验*定义为人类对一个伟大设计的深刻认知，感恩便是引领我们走向这种和平与理解的意识通道，这也是日常生活中的宗教体验。

感恩与宽慰不同。我感恩我的生活，我认识的人，我的工作，同时，令我感到宽慰的是我没有生病。第一个陈述是基于我内心真实的东西，而第二个是基于我的恐惧和担忧，我们通常对二者不会做出区分。感到宽慰意味着问题可能会出现，但目前一切还好。然而，在练习感恩时，你要确信一切都很好，不会出现任何问题，你不需要做什么，也不必去解决什么。比如这样想：我很感恩自己拥有健康。

如果不能时刻保持感恩的心以及对它的祈祷，我会感到无聊，心也会变得迟钝。我会回避这个世界，独自挣扎，感恩是摆脱困难、痛苦和孤立的途径。练习感恩，尤其是在面对逆境和痛苦时，我们要放弃对自身经历的主观认知。

在任何情况下，超出我们意识范围的事情总是多于我们能意识到的

* 宗教体验又称宗教感情或宗教经验，指宗教信徒因信仰某种宗教而产生的神圣感。如对上帝、真主、佛、菩萨等的信任感、依赖感、敬畏感，对天堂、田园、西方极乐世界等的憧憬，对地狱、火狱、轮回等的恐惧，对神恩的感激，对罪过的懊悔，对宗教经典、圣地、圣物等的崇敬等。

事情，这便是感恩让我们接触到的领域。从整体来看，生命就像一幅巨型拼图，我眼前的困难，可能恰恰就是其中缺失的某个部分。我必须停止认为事情会出问题的想法，停止这种恐惧和判断，这样就会走向觉知。

感恩是通往觉知的道路，而觉知是通往爱的大门，它永远敞开着。感恩是思想转变，是重新定位，是从意识层面接受爱、接受现实，只要愿意，人人都能做到。练习感恩，会把我们从痛苦的人生剧本中拯救出来，因为它要求我们更深入地观察我们的生活和周围的人。不要只看事物的表象，它只会让真相更加模糊不清。感恩会帮助我们拓展视野，让生活更丰富多彩。

如果我们真的感恩，就不可能感到担忧、愤怒、沮丧，或者存在任何消极情绪。阳光明媚和暴风骤雨不可能同时发生，练习感恩会让我们从恐惧走向坦然，摒弃所有的消极、痛苦和煎熬。我制订了一个预防性的计划，来治疗愤世嫉俗和怀疑。每天，我会不时地在脑海中寻找我应该感恩的一切，当我体会到丰饶与富足不断地向我涌来，内心会感到平静，感到它是如此的真切。

如果你还做不到，不能时时刻刻练习感恩，使感恩犹如念念不断的祈祷，或者像背景音乐一样源源不断，那么建议你不妨一试，就从现在开始，这会提高你的意识层次。感恩需要你以负责任的态度去发觉你能做出的贡献和你的宝贵才能，你拥有这些能力。认可你生命中所有的人，不论是你爱的或是不爱的人，从真正意义上而言，他们并无区别，都是你的老师，都值得感激。如果你能这么做，你就会意识到你有多么强大，你的生命是多么的动人，你存在于此时此地是多么的幸运。

然后，你只需静观接下来发生的事。

感恩的感觉真好

西尔维娅·弗里德曼

西尔维娅·弗里德曼是一名占星学家、人类行为学顾问和笔迹分析专家，从业已有20多年，并经常作为专家出现在电视节目中，包括“奥普拉脱口秀”和“早安芝加哥”。西尔维娅现居美国芝加哥，著有《家庭占星学：星座与亲子关系》。

经常感恩是十分必要的。当你审视自己的生活时，可能更容易看到不如意的地方，而非美好之处。但请记住：消极的想法会打击你的自信心，令处境变得更糟。那些相信自我实现预言的人应该明白，敞开心扉迎接可能发生的好事而非坏事，是更明智的选择。我相信大多数人都能记住生活中简单而美好的时刻，比如，在超市里对某个陌生人友善地微笑，并得到对方同样的回应。

如果我们能把某些瞬间定格，就能好好地欣赏它们。比如，当有人握紧我们的手，和我们一同欢笑，或者静静地坐在我们身边安慰我们，这是多么美好！每天都有感恩的理由，我们需要寻找那些特别的时刻并记住它们。健康的身体，帮助别人的能力，善意的支持，都是我们感恩的理由。生命中没有什么是理所应当的，每天我都感恩父母允许我对生活做出自己的选择。内心的力量来自紧紧抓住那个能够帮助你的人，那便是你自己！

《生活中最美好的东西都是免费的》这首歌给我留下了深刻的印象。感恩是免费的，没有任何成本。大自然中的奇迹，比如盛开的花朵，发黄的秋叶，湛蓝的天空，提醒我们生活中有很多简单的快乐。我的一位朋友在经历悲伤后告诉我："当灿烂的阳光照耀着我时，我心怀感恩，因为它给了我一种积极向上的感觉。"我笑着对她说："阳光不是照耀在我们身上，而是照耀在我们心里。”

每天醒来，听到手机在响，我都十分感恩，因为我知道有朋友打来电话，问我是否安好。感恩我可以望着窗外的湖面，平静地开始每一天。许多人都有类似的感恩机会，应当珍惜它们。那些挣扎着接受美好事物的人，应该感恩我们有能力和毅力为我们的信仰而战。如果我们相信自己，这种信念会把我们带到我们想去的地方。

在人生的道路上，当我们遇到挫折与教训时，那就吸取教训，继续前进。希望、信念和乐观给了我们走向明天的力量。生活也许充满挑战，但如果我们能够对已经拥有的一切心存感恩，我们的梦想就会成真。

最后，我们都应该感恩这份勇气，它让我们敢于承担风险。我们拥有的最重要的力量就是相信自己，在有生之年，我们都有积累爱、友谊和知识的能力，这取决于我们的努力。懂得感恩重要性的人应当鼓励别人，让他们也发现自己的感恩时刻。感恩的感觉真好！

在生活的挑战中心存感恩

莎克蒂·高文

莎克蒂·高文是《视觉化冥想》《生活在阳光中》《回归花园》《觉醒》《转变之路》等畅销书的作者。莎克蒂是一位热情、善于表达和鼓舞人心的老师，她在不同国家和地区举办讲习班。20多年来，她帮助成千上万人学会相信并遵循自己的内心，从而在生活中发挥并拓展他们的创造力。莎克蒂和丈夫吉姆·伯恩斯是那塔若吉出版社的联合创始人，并在美国加利福尼亚米尔谷和夏威夷考艾岛定居。

在生活的挑战中心存感恩

莎克蒂·高文

当生活中好事连连，一切都按照我们期待的方向发展时，我们比较容易心存感激。即便如此，我们也常常认为这是理所当然的事。花点时间向他人、向世界、向我们更高的力量、向生命表达我们的感激之情，这感觉好极了。

当我们经历挫折或者生活不如意时，保持感恩之心会是一个极大的挑战。在这种时候，我们很容易感到难过、恐惧或怨恨，这都十分正常，此时，我们最不可能想到的就是感恩。在我的人生中，好几次，我真想向世界挥动拳头，想知道为什么它要给我这样残酷的打击。

有趣的是，在经历了一段挫折之后，回顾过去，我们常常从中发现一些十分重要的东西。我们可能要在几个月甚至几年之后才能有这种感悟，但最终会发现，即便这些事情当时看来十分负面，我们却从中吸取了重要的教训，这可能是智慧的增长，是某种觉悟，或者是生活为你打开了一扇新的大门。

比如，失去一份工作，也许会给我们带来精神或情感的治愈；一段感情结束，可能会让我们意识到自己需要时间独处，或者让我们遇到更为适合的伴侣。那时，我们就会对生命展开的方式心存感恩。

通常，我们生活中的痛苦时刻就是我所谓的“好转反应”，表明我们正在经历一个涤故更新的过程。这通常是因为我们的意识已经得到了成长，无法再以过去的方式生活，因此，我们必须让自己或者生活做出必要的改变。因为我们放弃了一些自己曾经依赖的东西，所以难免要经历一个沮丧的过程。我们必须去感受这些恐惧和悲伤，并提醒自己，在这个过程中一定会有收获，只是自己暂时看不到而已。

如果你现在正经历生命中的“好转反应”，那就尽可能多地去寻求爱与支持，让自己充分体会所有的情绪，并在你准备好时，马上看到这个经历给你带来的礼物。请记住，不久后，当你获得了新的认知，你会再次感恩生命中的这段奇妙旅程。

感恩是人生的庇护所

米歇尔·戈尔德

米歇尔·戈尔德是“咖啡桌图书”《海洋天使：亚特兰蒂斯的神圣海豚艺术》的作者。这部获奖灵性文学作品讲述了梦境、幻象、神话以及与野生海豚家庭共游的经历。她的作品出现在多个国家或地区的出版物和影视作品中，并在世界各地的私人收藏馆中展出。米歇尔对一切生命都怀有深深的爱和尊重，她最大的愿望是所有人都能够像她一样同情这些优雅的海豚。米歇尔是一位专业的美术插画家、作家、摄影师、舞者和音乐家，她相信爱是永恒的答案。

我父亲给我讲过一个精彩的故事。有位父亲送给他小女儿一个简单的盒式吊坠，并告诉她里面有一颗非常珍贵的钻石，任何时候，只要她需要，都可以打开这个吊坠，卖掉钻石，渡过难关。

女儿长大成人后，独自度过了一段十分艰难的日子。但只要想到那颗钻石还安然无恙地保存在她脖子上的吊坠里，她便能鼓足勇气渡过难关。许多年后，当她在生活的各个方面都取得了成功，再也不需要为生存而挣扎，她开始感到好奇，想知道这颗钻石到底值多少钱。

她拿着自己珍藏的吊坠到附近最好的珠宝商那里去鉴定这颗钻石，珠宝商以略显轻蔑的眼神打量着那个平淡无奇、暗淡无光的吊坠，举起一把木槌，猛地一击，把那个小吊坠敲得粉碎，然后，一小块亮晶晶的碎片显露出来。珠宝商把它举起来对着灯光，说："夫人，这不是钻石，只是一块毫无价值的玻璃而已。"她被这句话惊呆了。

"不，先生，这是世界上最珍贵的钻石！"她非常诧异地说。

其实，她父亲送给她的无价之宝并非钻石，而是"希望"，让她坚信生活总会好起来。对于父亲的这个礼物，她将永远心存感恩。

当我寻找我最感恩的经历时，思绪犹如旋转的陀螺。无论是多么独特的经历，善意永远是其核心。我很高兴地发现，感恩就是对善良的感激之情，我努力让自己的生活建立在感恩的基础上。我有很多启蒙老师，包括我的父母、兄弟，还有那些生活在我们房后青苔下的小虫子。我记得，当一只亮黄色的蝴蝶落在我的手臂上，或者一只小鸟允许我近距离观察它的羽毛时，我便懂得了感恩。

感恩带来的结果并不总是即时呈现的，有些事情需要时间来告诉我们到底获得了什么，那时便会得到启发。很多时候，缺乏感恩之心是影响自己前进的巨大障碍。我也曾经多次偏离了自己的内心，变得不满足，这说明我需要做出改变。后来，那件令我不愉快的事变成了一个转折点，让我能够回归爱与感恩。成年后的我，几次与野生海豚相遇，这进一步打开了我的心灵和思想，让我体会到无条件的爱和对当下的感恩，我将对此永远保持敬畏与感恩。

一位优秀的冥想老师曾教导我如何设定目标，即向宇宙发送自己人生方向的清晰信号，设定航线，调整船帆，然后驶向神圣的岛屿。岛屿距离很远，还被一团薄雾掩盖，但你的直觉会告诉你它就在那里。你可能因为风暴偏离航线，但也会被温和的热带微风引导。黑夜会一次次降临，但你内心深处存有一张指引你神秘之旅的地图，如果坚持你的目标，最终你会到达目的地。

我相信感恩是我们与自己重新建立连接的方式。每天清晨和夜晚，我都会专注片刻，感恩我生命中的礼物，感恩生命中的每个人和他们的爱，感恩我所拥有的一切，感恩我正在学习的一切。我感恩我希望实现的一切，就好像它们已经实现了一般。我向所有的守护天使和自然之神表示感恩，因为他们治愈了我所爱的人和这个星球。我寻求指引，寻求梦中的启示。我感恩我的健康和敏锐的感官。我感恩地球深邃的美。我感恩自己拥有创造的天赋，感恩我有能力通过绘画、文字、音乐和舞蹈来表达我的情感。我感恩来自几百年前，通过古老的故事和图画赋予我的智慧。我感恩优美的海豚、鸟儿、树木和一切生物。我感恩永远存在的富足和丰饶，最重要的是，我感恩善良。

很多时候，当我经历痛苦和磨难时，我非常感恩那些善意的举动。多年来，我在挣扎中感到孤独，但在内心深处，我知道我一直拥有一颗钻石，我深深地感恩爱与生命给我带来那些不可思议的礼物。

永远把自己视为一个珍贵的、无价的、值得被爱的人。

感恩就像一个庇护所，让我们可以给予更深的爱。

圆满之环，
游了几千年，我在无数次的满月下寻找你。
迷失的船只与迷失的灵魂，
在渴望和海洋天使的指引下，

在温暖的海湾靠岸。
我的心游荡，我蜷缩着，抱住自己，渴望回家，
却不知道它一直在这里。
在雨水的拍打下，
我向外移动，用眼睛呼吸，
感觉到即将到来的甜蜜。
树木在微笑，
埋藏在内心深处的宝藏开始哼唱那天使之歌。
我的灵魂是我唯一的地图，
带我前行，为我指引方向。
我希望世界能在温柔的双手中变得平坦，
希望鸟儿发出甜美的吟唱，
从我的心上静静地滑过
……
我的心在微笑，由衷地微笑。

感恩：点亮你的每一天！

凯伦·豪伊

凯伦·豪伊是一位优秀的获奖艺术家、诗人和设计师，她的作品在世界各地的私人收藏中展出。她也是“咖啡桌图书”《天使：阳光的守护者》的作者。当被问及是什么带给她创作天赋和绘画灵感时，她回答说：“我会通过冥想和舒缓的声音，比如音乐，探索自己的内心深处，站在更高的层面审视自己。”这可以启发创造力，避免落入固有的逻辑思维。凯伦居住在美国加州北部。

首先，我想表达我对朋友露易丝·海的感激之情，是她让我将许多遥远的梦想变为现实。我对她的爱、支持和善良永远感激不尽！

我也十分感恩自己在绘画方面的天赋。这种天赋不是为了我自己，而是通过这样的方式为别人的生活带来改变。

生活不应是自我孤立的，而是在爱与和平中彼此分享。感恩也源于对别人的付出，也就是人们常说的“小善大爱”。不需要任何理由，只是想为别人做点什么，不论是陌生人还是朋友，这会给我带来纯粹的满足感。付出并非刻意寻求什么，而我总会得到相应的回报。

我记得几件小事，一次是在我穿过我家附近的旧金山湾区圣马特奥大桥，经过收费站时，我总会顺便为我后面的那辆车一起付过桥费。有一次，一辆豪华轿车停在我的后面，我像往常一样多给了收费站工作人员一美元，并说明为我后面的那辆车付过桥费。她有些不解地看着我，显然，她是在比较这两辆车的档次，但她还是照我说的做了。

很少看到人们对我的这个举动做出什么反应，可能会对我微笑或挥挥手，或者表现出纳闷儿的神情。但这次不同，那辆车开到我旁边，摇下车窗，两个小女孩和她们的父母向我挥手，按喇叭，那是我从未见过的喜悦和兴奋，他们表达的就是本书一直探讨的感恩之心。从他们的反应来看，你绝不会认为我只是帮他们支付了过桥费，但事实就是如此，举手之劳而已。孩子们脸上的惊喜和快乐，她们父母脸上的惊讶表情，足以点亮你的一整天。

还有一次，我开车经过一个居民区，发现有辆车停在一户人家外面，车前灯还亮着。我本想直接开过去，但后来我又调头回来，走到那所房子前，敲了敲门，告诉里面的人，他们的车前灯没有关闭。那户人家一遍又一遍地感谢我，好像我做了什么了不得的事情。但在我看来，这不过是举手之劳而已。

我想表达的观点是，重点不是你能给别人有益的东西，而是你发自内心地去给予，并且不求回报。如果能做到，你就会以相同的方式收获感恩。

生命是一份礼物，如何对待自己的生命完全取决于你自己。应当感恩这份礼物，并用它来治愈我们赖以生存的美丽星球，治愈我们的地球母亲。

感恩之心

克里斯托弗·希尔斯

克里斯托弗·希尔斯博士著有27本关于意识的书，他是世界瑜伽协会前任主席，树木大学的创始人，从藻类中开发食物以减轻世界饥饿的先驱，以及光之能量公司的创始人。他目前从事的项目旨在救助无家可归的儿童并培养他们的情感素养。

我最感恩的时刻是当我与死神擦肩而过的时候。有一次，我开着别克汽车经过一个陡峭的弯路，此时车的前轮突然掉了下来。我在一路火花四溅中将车开到了山脚下，并不断地祈祷。还有一次，在一艘船的舰桥上，闪电击中了离我只有一米远的柱子，数百万伏的电流神奇地通过那根柱子传导到海水中，我幸免于难，这让我非常感恩。我永远不会忘记空气中飘来的烧焦气味，庆幸烧焦的不是我的头发。

我快出生时，在母亲的肚子里，我也被闪电击中过。母亲的手臂严重烧伤，我的手肘到手腕处留下一块很大的红色胎记，这个胎记跟了我14年之久。我的母亲受到了很大的创伤，她每次抱我的时候，都会感到十分不安。那时我还太小，不懂得感恩拥有生命这件礼物。但回想起来，我很感恩我们都从那次意外中幸存下来，我还活着，并活在这个人世间。

我能想到许多值得感恩的事情，这是在我开始感恩生活给予我一切美好之后才出现的。现在我懂得去表达感恩之心，不论困苦还是丰饶，我感恩自己所经历的一切。我不仅感恩那些美好的友谊，也感恩那些曾经欺骗过我的人，他们给了我许多生活的教训，也让我更加感恩那些言出必行的人。

我最感恩的时刻之一，是那次我在暴风雨中失去知觉后又苏醒过来。当时，我在西印度群岛的游艇上，带着我的客人环游牙买加岛，并准备前往安东尼奥港。

露易丝·海和她的丈夫安德鲁是我在香料贸易中的合作伙伴，他们也是那次旅行的客人。我们在离安东尼奥港大约半天的航程中遇到了暴风雨，一阵怪风吹落了一根一尺多长的帆杆，把我从驾驶室撞到排水口处，船侧的栏杆几乎被水淹没。不知怎么的，我被卡在栏杆之间，然后就昏过去了。似乎过了很长时间，我睁开眼，看到露易丝从上方俯视着我，安德鲁一边大喊，一边摇晃我。他说我必须醒过来，因为没人知道如何驾驶这艘载重 90 吨的船，也不知道去安东尼奥港的航线，并且我们已经看不见陆地了。

这是我第一次感受到自己的重要性。安德鲁说，没有我，大家都会没命。当我恢复意识，明白他说的话时，我意识到我是多么幸运地逃过一劫。我永远不会忘记，当我发现自己还能走路和说话时那种如释重负的感觉！又过了 8 个星期，我扭伤的脖子才不那么疼痛。此时，我感恩自己能够活下来，并把我的客人安全地送到安东尼奥港，他们又是多么的幸运。

当我在暴风雨中醒来时，我能看到露易丝的脸，她的妆容都花了，头发湿漉漉的，还在滴水。更让我开心的是，38 年后的今天，生活让我更加感恩。我相信我受到了某种更高力量的庇护，并因此踏上一条完全不同的人生道路。我不知道如何称呼这种力量，虽然我听过很多种说法，但我更倾向于“女神能量”这个词。当我们在心中为感恩和感激腾出空间，这种能量就会来到我们身边，它也可以作为一种微妙的智慧存在于我们的自然环境中。在我们的意识中，我们向外追寻这种智慧，但实际上，它就隐藏在我们的意识中。

当我们服从生命潜藏的智慧时，就会一直感恩并感激生命之源。这种女神能量在我们的文化中已被遗忘并遭到践踏，在一些文明中，它被完全压制，人们甚至没有做人的尊严。在不同的旗帜下，他们通过宣传“唯一的救赎之路”来扼杀它，我们不应以这样的方式接受恩典。

最终，对感恩的体验来自我们对感恩的态度，正是这种态度使感恩具有真正的价值。当我们不能心怀感激地“接受”礼物时，那么礼物也无法被有效地给予。

不论给予还是接受，二者都是平等的，虽然送出礼物比接受礼物要容易得多。在我们所有的天赋中，意识是最珍贵的天赋，也往往被看成是理所当然的。如果我们自己都不能完全接受和感激别人的礼物，我们如何能在精神上给予别人礼物呢？所以，我们先要心怀感恩地送与别人礼物，否则我们的礼物就不起作用。

我很感恩我在生活中找到美和爱，我将爱倾注其中，并沉浸在幸福之中。学会感恩，要明白这一点，在所有的礼物被全然接受之前，它们并没有太大的价值。事实上，是我们的感恩赋予了礼物真正的价值。原谅所有的伤害，是我们能给予自己的最好的礼物，但很少有人能产生这种想法。

如果人们不了解力量来自何处，就无法从力量之源中获得力量。有意识地原谅过去和未来可能存在的任何伤害，是一份你永远无法回报的礼物，因为它能化解所有业力。只有我们尊重并认识到心怀感恩的深层力量时，才有可能不用背负业力，安然做回自我。

在表达感恩之心时，我们需要敞开心扉，接受并生活在恩典之中，这是来自女神的礼物，应该将它赐予每个人。在你获得之前就开始心存感恩，奇迹便会发生。

感恩：快乐、健康、成功生活的关键

莎伦·霍夫曼

莎伦·霍夫曼是启迪领导中心的创始人，她教授启发式领导力和赋权，并为世界各地不同领域的领导做顾问。她指导人们在为世界做出崇高贡献的同时，充分发挥自己的潜力，保持生活的平衡。她是一名演说家、顾问和作家，她的作品被收录于那塔若吉出版社出版的《有远见的女性》，以及杰克·坎菲尔德和马克· V.汉森合著的《心灵鸡汤》。

感恩：快乐、健康、成功生活的关键

莎伦·霍夫曼

今天早上散步时，我心中充满了感恩。天空是蓝色的，天气温和宜人。目及之处是如此美丽，绿色的山丘绵延起伏，鲜花和棕榈树随风舞动，瀑布和喷泉发出悦耳的水声，鸭子在池塘嬉戏。一只白鹳掠过湖面，远处还有壮丽的雪山，山下到处都是郁郁葱葱，令人惊叹大自然的玄妙和美丽。我将这一切美景尽收眼底，心中充满感恩。

回想起三个月前，当我还在困顿的人生之旅中勉力前行时，我请求我的灵性之源把我带到一个更温暖、更美丽的地方，在那里，早晨我可以起来散步。我记得当时我的心中充满了感恩，感恩我当时所拥有的一切，然后，几乎毫不费力地，我便来到这个天堂般的地方。

在过去的 15 年中，我指导我的客户如何成功并幸福地生活，我也从中发现了一个秘密。如果我教会他们感恩，他们的生活就会发生翻天覆地的变化，他们感觉良好，并感到有能力创造自己想要的未来。与从前相比，不论是面对生活中发生的事情，还是对事物积极的响应态度，他们都出现了 360 度的转变，好像他们被魔法棒点中了一样。

学会感恩可以改变我们看待自己和生活的方式，那些曾经令人无法忍受、看似无法改变的困境，也会随之发生变化。当我们心存感恩时，情况就会好转，然后我们就能发现新的机遇，做出积极改变。于是我们对自己的感觉会更好，因为我们有能力对周围环境和世界做出积极的响应，抑郁随之消散，冲突转为和谐，压力转为平静。当感恩成为一种生活方式时，成功、幸福和健康就会成为生活的常态。

每当我们感到愤怒、恐惧、悲伤或沮丧时，就会失去感恩之心。我记得有太多次，当我感到怨恨或沮丧时，我选择珍惜我的福分，对我拥有的一切心怀感恩，我立刻就会感觉好了很多。当我们在困境下找到值得感恩的东西时，我们会备感振奋，充满活力。

只要我们心存感恩，一切困顿都会改变，悲伤和失落会变成快乐和幸福，否则，你只会感受到更多的悲伤和失落。当我们怀着感恩的心去看同一件事情，情况也会立即发生变化。

在我的生活中，学会感恩让我的世界变得完全不同。我的伴侣在一次飞机失事中不幸丧生，在那次巨大的打击之后，我第一次认识到感恩的力量。经历了几个月的消沉和近乎绝望之后，我被古老的智慧所吸引，同时意识到我的生活具有另外的意义和目的。当我开始学会感恩时，我的整个生活都变了。首先，我的观念发生了变化，我开始变得积极向上，似乎被重新赋予前行的力量。突然之间，我感到自己的生活不是即将走向终点，而是进入一个全新的起点。

从那之后不久，我被诊断患有一种危及生命的疾病，只剩下六到九个月的时间。我继续练习感恩，我感到疾病好像从我的身体里被冲走了一般，我的细胞恢复了生机和活力。后来我了解到，感恩会让全身释放积极的内啡肽，从而为我带来健康。

感恩不仅能治愈疾病，还能使身体恢复活力。如果你对此表示怀疑，只需要看看那些多年被怨恨蹂躏的人们，他们的脸看起来苍白和憔悴。然后，再看看那些在生活中懂得感恩的人，他们健康快乐，活力四射。

想要获得幸福、健康和成功的生活，很重要的一点在于懂得感恩，它鼓舞我们，支持我们，并将我们想要的东西吸引过来。就像三个月前，在一次晨练中我所做的那样，当我们心怀感恩并专注于我们想要的东西时，我们就会把它吸引过来。我们把自己变成了一块磁铁，把一切美好都吸引到我们身边。

当我们感恩生活时，生活也会回报我们。感恩的心会吸引别人，也会将宇宙的丰饶吸引过来。如果你需要财富，你就会得到它；如果你怀着极大的感恩之心，便会吸引更多的财富。

当我们对生活中的挑战心存感激，并意识到我们会从这些经历中获得智慧和祝福，感恩之心就会把消极因素转变为积极的力量。当我们表达感恩之情时，就会吸引那些值得我们感恩的人和事，这就是感恩的魔力。

感恩让我们的内心充满喜悦，让我们看到真相，做出正确的决定，并采取恰当的行动。抱持感恩之心，我们就能够看到所遇到的每个人、每件事最好的一面，并让其发挥出这一面。感恩也是通往神性的大门，感恩的心是永远敞开着的，不断提升我们，直到我们与神相通。

几年前，我到加州北部的沙斯塔山旅行，希望能与更高的自我进行更深层次的交流。在漫长的驾驶过程中，我以爱和感恩的心专注于更高的自我。时间一小时一小时地过去，我始终把注意力集中在头顶上方，将爱和感恩传递到这个位置，因为它时时刻刻、日日夜夜都在温柔地引导和保护着我。

在旅行的最后一个小时，当我进入沙斯塔山周边美丽的松林时，我体会到更高的自我降临，她用温柔的双臂拥抱着我。当这种感觉包围着我时，我处在一种全然的爱中。这并非一种精神上的想法，而是实实在在的感觉，我真实地感受到身体的每一个细胞都被爱包裹着，幸福的感觉淹没了我，我在这神圣的结合中圆满，我知道我生活在爱的怀抱里。

在那一刻，我明白了所有神秘主义者所说的“我们从不孤单”这句话的含义。我们都与神相通，任何认为我们是分开的想法都是一种错觉。爱与感恩揭示了这种联系。

这种交流是我经历过的最欣喜的状态。当我晚上醒来时，我会马上集中注意力，看看这种交流状态是否还在。看到它还在那里，我又心满意足地睡去。

随着这种交流状态的持续，当我想到我必须马上赶到某个地方，我耳边会响起这样的话："不必着急，你能准时抵达。"这和我平时匆匆忙忙赶时间的情况大不相同。当我放松地进入这种新的存在方式，让自己被温柔地引导时，我发现我总能在正确的时间到达正确的地点。

生活以一种轻松、毫不费力的神奇方式展开，同时充满了美妙的感觉。生活变得很神奇，我需要的一切都会来到我身边。于是，我有意识地选择不断地向更高的自我发送爱与感恩，因为这是打开更高自我这扇门的钥匙。

我们永远有权选择如何生活。抱持感恩的态度，我们就能过上幸福、健康和成功的生活。

感恩就是天堂

劳拉·A. 赫胥黎

劳拉·A.赫胥黎是一名小提琴家，从意大利来到美国。1956年，她嫁给了奥多斯·赫胥黎。她著有《并非针对你》《属于他的永恒时刻：我眼中的奥多斯·赫胥黎》《天地之间》《每天一个开心的理由》，还与皮耶罗·费鲁奇合著有《你梦中的小孩》。

感恩就是天堂

劳拉·A. 赫胥黎

神秘主义诗人威廉·布莱克用“感恩就是天堂”这几个字道出了感恩的真谛。

感恩始于我们出生之时，它是我们情感生活中不可或缺的一部分。出生是一个奇迹，我们应当怀着喜悦和感恩之心对待它。然而，情况并非总是如此。很多时候，出生是被恐惧和无意识的状态所包围的。然而，生命的确是个奇迹，令人敬畏：肉体的诞生，心理的重建，还有生理上，体内的细胞不断死亡并立刻被新细胞更替。重生通常被称为“高峰体验”，摆脱了陈旧的、限制性的条件，从而重获自由，它揭示了生命不断更新的奇迹以及令人意想不到的可能性。

在《你梦中的小孩》这本书中，皮耶罗·费鲁奇和我提出了一种理想的出生引导意象，这种意象适用于任何年龄。选择一个安静的地方，不被打扰地去想象自己理想的诞生经历。你可以选择自己喜欢的背景音乐来配合这个冥想过程，并用爱和感恩来激励自己。在开始之前，深呼吸，慢慢地呼吸几次，让每次呼吸都带你深入那个纯净的地方。在那里，生活的剧本没有留下任何痕迹；在那里，一切皆有可能，不存在荒谬的想法，一切似乎都是第一次发生。

想象自己理想的出生过程，闭上眼睛，放松一会儿，然后，让你即将出生的地方生动地浮现在你的脑海里。环顾这个地方，放下你现在的身体，嗅一嗅它的芬芳。你刚刚出生，十分敏感，你感觉到爱和感恩环绕着你。在这个过程中，蕴含着深邃的、自然的平静，你感受到被所有你爱的和尊重的生命包围着，无论是真实的还是想象的。所有的创造物都准备好来迎接你，你看到你最喜欢的花，以及它的美丽和芬芳。它们对你说："欢迎你，我感恩你的诞生！欢迎你来到这个世界，来到花的世界。"

现在，看看这里的生物，它们都在用自己的语言欢迎你。可能是你最喜欢的动物，在欢迎你来到这个世界。也许是一只狗在温柔地舔着你，也许是一只海豚腾空一跃，也许是一只蝴蝶在扇动它的翅膀，它们都在欢迎你，并且对你说："我们感恩你的出生，欢迎来到动物世界。"

现在，你看到宇宙中闪烁的星辰。它们也对你说："欢迎你，感恩你的出生！欢迎来到这个世界，来到星星的世界。"

你感到自己进入了一个尊重你、欢迎你的世界，并感恩这个世界包围着你。你开始呼吸，让它在你的身体里循环。你会感受到进入生命的喜悦，进入一个欢迎你的世界。在这里，你可以做很多美好的事情，你可以给予爱并唤起他人的感恩之心。

现在，想想历史上一些伟大的人物，比如画家、哲学家、音乐家、诗人。想想你最喜欢的人，他们都聚集在这里，庆祝你来到这个世界。

在他们渊博的知识中，也包含感恩之心。这里拥有美丽、智慧和爱，这里的一切都感恩和认可你的降生。你是一个奇迹，每个人都这样告诉你。历经数百万年的进化，你来到这个世界，成为一个与神同源的高贵存在。不论是植物和花朵，还是动物和人类，都在这里提醒你："你是高贵的，美丽的，你来到这个世界，我们十分感恩。"这降生中充满着喜悦。你看到微笑的面孔，微笑的花朵，微笑的动物，他们在你周围翩翩起舞。万物都在为你欢喜，充满感恩。

你正在进入一个充满爱的世界，每个人都充满爱，给予和接受爱就像呼吸一般自然。你感恩这个新世界，这种感恩之心正在深深地与你相融，流入你的身体，与你的血液融为一体。此刻，你的灵魂和身体都意识到……

感恩本身就是天堂！

用爱在感恩中行走

杰拉尔德·詹波尔斯基，黛安·西林乔内

杰拉尔德·詹波尔斯基博士与妻子黛安·西林乔内居住在美国加利福尼亚州蒂伯龙市。杰拉尔德是一位精神科医生，也是第一个“态度治疗中心”的创始人。黛安是一名企业家，拥有25年大型企业和私营企业经营方面的经验。他们合著有《唤醒》一书，这本书揭示了如何运用灵性原则在生活的各个方面实现内心的平静，他们的理念基于《奇迹课程》中的概念。

用爱在感恩中行走

杰拉尔德·詹波尔斯基，黛安·西林乔内

“用爱在感恩中行走”，这是《奇迹课程》中的一句话。这是一种行走冥想，我们喜欢一起练习。每迈出一步，我们都提醒自己，用爱在感恩中行走，这让我们感到平静与安宁。

另一句我们十分喜爱的名言来自麦斯特·埃克哈特，他说世界上最重要的祈祷就两个字——“谢谢”。我们深信，发生在我们身上的每一件事都是上帝让我们学习的功课。当我们不再试图解释发生在自己身上的每件事，无论它们看起来如何，都将其看成是因祸得福的经历，我们的生活就会变得更加平静。

当我们行走在人生的道路上，心中、头脑中、口中带着“谢谢”这句话，一切恐惧都会消失，纯粹的爱就会出现在我们身边。当我们选择将自己从感性的世界中提升出来，生活在上帝之爱的世界中，“谢谢”就变成了一种生活方式。我们心中的老师会告诉我们，在感知的世界里，发生在我们身上的每件事，都不过是一次新的机会，让我们去选择爱的信仰体系，选择上帝的信仰体系，选择一个没有形式、只有爱的世界。

服从于爱，我们就能以感恩的心态度过每一天。想象一下，如果我们对彼此说的唯一一句话就是“谢谢”，这个世界将会如何？每当我们用爱向所有人表达感恩之心时，我们都相信世界上多了一丝光明，少了一些黑暗。

当我们学会回报那个不断给予我们爱的源头时，世界就会迅速改变。当我们选择彼此相爱并爱自己时，就会通过每个人看到上帝的面容，还有什么比这更能表达我们对造物主的感恩之心呢？

杰瑞几年前写过一篇祈祷文，我们喜欢在早上念诵。

感恩的心

我的身体里跳动着
渴望我们永远结合的火焰。
我的每个呼吸都来自你，
我的心是你爱的无尽灯塔。

我的灵魂，属于你，你是世界之光。
我的眼睛绽放并映射着我们完美的爱。
我的本质与你共振，
如同那和谐的、尚未听到的音乐。

我的眼光，属于你，只懂得祝福。

我的祷告是一首永恒的感恩之歌，
你存在于我，我存在于你，
我永远活在你的恩典里。

看见富足

苏珊·杰弗斯

苏珊·杰弗斯博士帮助数百万人克服了恐惧，让他们充满自信和爱并继续前行。她是《感受恐惧，放手去做》《敞开心扉》《力量与爱之思考》《停止挣扎，与生命共舞》等书的作者。苏珊不仅是一位畅销书作家，还是一位受欢迎的公众演说家，在许多广播和电视节目中担任嘉宾。她还制作了许多关于恐惧、人际关系和个人成长的录音带。

看见富足

苏珊·杰弗斯

我曾在纽约市与贫穷的人一起工作，他们物质匮乏，但他们中的许多人心中充满感恩，这令我惊讶不已。他们为什么感恩？他们感恩自己还活着，能填饱肚子，能享受阳光，拥有健康、朋友和家人，能为自己的社区作贡献。

然而，我也十分惊讶，许多生活富足的人却毫无感恩之心，即便他们已经拥有了那么多。如果有人问我，两者中哪一个更加幸福，我会毫不犹豫地选择贫穷但内心充满感恩的人。

我想说的道理很简单：

当我们专注于富足时，我们就会感到生活富足；当我们专注于匮乏时，我们就会感到生活匮乏。这纯粹取决于你的关注点。

的确，我们不能否认生活中的痛苦，否认那些给我们身心带来伤害的东西。然而，同样重要的是，我们也不能否认生活中的富足！

我建议你为自己写一本“丰饶之书”，每天晚上睡觉前，写下至少五十件当天发生在你身上的美好的事。“五十件事？！苏珊，我连三件都想不出来！”很明显，你没有注意到生活中的祝福！这个练习的目的就是帮助你做到这一点。你可以写下这些事情：

我的车顺利启动了，我可以正常走路，我衣食无忧，有人称赞我，我的孩子们今天没有给我惹麻烦，我感到太阳温暖地照在我的脸上，我

和一个最好的朋友聊天，路边的花开了，我可以洗热水澡，我还能正常呼吸，太阳出来了。

“丰饶之书”不是用来记录高光时刻的，否则就本末倒置了。永远记住，如果我们只关注高光时刻，那么我们的生活就会显得单调乏味，而事实并非如此！以呼吸为例，呼吸本身就不可思议，难道不是吗？

一开始，要想找到五十件值得感恩的事情可能有点儿困难。但很快，它们就会轻松地跃然纸上。只要你多花一些时间寻找生活中的祝福，就会有新的内容添加到你的“丰饶之书”中。你会找到它们，并且好处是显而易见的……

当你开始寻找好的方面时，你的注意力就会自动从坏的方面移开，这样你就会感到幸福！

如果你能养成关注丰饶的习惯，你的生活就会改变！

记得母亲去世前的几个月，一个寒冷、沉闷的冬日，我和她坐在客厅里，她十分痛苦，身体非常虚弱。当我正在为她的痛苦感到不安时，她看着我说：“外面那么冷，家里却很温暖舒适，还有女儿在身边……我真的好幸运！”

我的天！那时，我只专注于她的痛苦，而她却专注于此刻的美好。妈妈，谢谢你给我上了这么美好的人生一课！

凡事感恩

艾奥尼·S.简森

艾奥尼·S.简森是一名咨询师、梦境治疗师和教师，持有教育、心理学和咨询学位。她与朱莉·基恩合著《单身女性：创造愉快而充实的生活》，并自助出版《从内心赋予孩子力量：21世纪的教育与培养》。在过去几年中，艾奥尼举办讲习班并提供灵性咨询。她是全息中心的联合创始人，该中心是一个位于爱达荷州海登湖的静修社区。

学习并理解“感恩”这个概念，是一个持续一生的过程。我很幸运出生在这样一个家庭，尽管生活艰难，拥有的物资时常不足，但我们相信，如果我们对已经拥有的一切心存感恩，总会获得更多。于是，我们总是拥有我们需要的东西，甚至还能余下一些跟别人分享。

对于感恩的概念，我的想法和理解逐年都在加深，并不断拓展。小时候，星期天的早晨，在教堂里，我坐在父母中间，经常听到《圣经》中的这句话：“凡事感恩！”我幼小的心灵总是这样回应：“是的，人们需要对生命中的每一件事心存感恩。”

在我青少年时期，这句话时常在我的脑海中重现，我学会了对许多显而易见的事情心存感恩。我对收到的礼物，别人给予的善意，意外的教育机会，生活中所有美好的时光和挚友，都心怀感恩。

作为一名年轻的农妇，我学会了对简单而美好的事物心存感恩。比如，盛夏清凉的雨水，滋润了我们干渴的庄稼。有一年，一场突如其来的雷暴和冰雹毁掉了我家的玉米，面对突然的不幸，我仍对数额不大的农作物保险心存感恩，它帮助我们弥补了损失，让我们的农场能够再坚持一年。

作为一位年轻的母亲，我很容易对我的孩子们——上帝送给我的珍贵礼物——表达喜悦之情和无限感恩。我满怀欣喜地照顾他们，看着他们成长，最终长大成人，我感恩家庭给我带来的温暖和亲密氛围。生活中值得感恩的事情太多，每当我细数人生中诸多的幸事时，我总是真诚地表达感恩之情。

作为一名教育工作者，我热爱自己的工作并感到非常自豪，我十分感恩能够投身于自己喜欢的事业，投身于对世界有益的事业。我很感恩能够接触到这么多年轻的生命，收获如此丰厚的爱和无限的机会，我感到由衷的幸福。

“凡事感恩。”21 年前的某天，我在逛书店时，偶然看到了一本书，书名很有意思——《从监狱到赞美》，作者是梅林·卡罗瑟斯，这本书让我产生了好奇。作者所表达的观点是对每件事情都要感恩，也就是说不论好事、坏事，都要心存感恩。虽然这个观点对我来说很新奇，但作者提出的理由十分具有说服力，于是我决定一试。不出所料，我发现了新的感恩维度，发现即使在“困难时期”，感恩也是有力量的。

在事情不顺利的时候，能够心存感恩是很困难的，但这样做的结果令我感到惊讶。我意识到“上帝住在他子民的赞美中”这句经文的含义，其实这句话是在提醒我们，感恩能够释放一种能量，而这种能量可以扭转局面。当我这样做时，它给予我力量和能力，去克服外部世界的任何苦难。最终，我发现那些我们通常认为不好的遭遇，实际上是新的人生转折点。回想起来，我能清楚地认识到，这是因祸得福，它将我带到了一个更深刻、更有意义的地方。

自从发现感恩的美妙之处，每天清晨醒来，我都会对新的一天充满感恩，这能让我在众多祝福中充满期待。祝福一个接一个，不可思议地展开。每天早晨，我祝福我的身体，因为它是我“灵魂的外壳”，在我经历人生的挫折时，它能带给我高效和良好的保护，我感恩我和身体之间的友谊与合作。许多年前，我开始把每天读的报纸作为我的祈祷清单，我为那些报纸上刊载的故事祈祷，同时我也发现自己生活中有更多值得感恩的地方。

多年来，我一直在研究梦境，偶尔我的心灵会绕过梦境的象征性表达，直接带着词语表达的信息醒来，一两句话会在我的脑海里闪过，我会马上把这句话写下来，以免忘记。一天早上，我醒来时听到这句话：“以感恩的态度度过你的每一天。”当我思考这句话的内在含义时，我意识到，感恩可以是一种意志，一种情感或感受，它也可以是主动选择的生活方式。

“凡事感恩！”现在，面对任何事，我都能给予平等的敬畏和感恩之心，不论是海边的日出日落，对某种疾病的认知过程，或者生活中的困惑。当我的孩子面临危及生命的疾病时，我无能为力，但我感恩我对神圣秩序毫不动摇的信念，到目前为止，我还没能完全发现这件事蕴含的所有教训和意义。我感恩与我喜爱的人息息相通的美好时光，也同样感恩分歧和疏远的日子，这为我带来了教训和全新的洞见。我真的感激在生活中发现了感恩的力量，我将永远对每件事保持感恩之心！

感恩是好事

伊丽莎白·约翰逊

伊丽莎白·约翰逊著有《逝者已逝：生者手册》，并与露西娅·卡帕基奥内合著《点亮你的身体，点亮你的生活》。她在美国各地组织音乐、舞蹈和戏剧表演，并推广诸多艺术教育项目。伊丽莎白长期学习东西方运动和哲学思想，并且是一名经过专业认证的太极教练，同时也是一名爵士和踢踏舞演员。

我不喜欢雪。

寒冷潮湿的风既不使我振奋，也不令我高兴。

对我而言，赞美严冬的美好，就是一个谎言。

然而，

那是多么优雅和荣耀，多么宁静，满月将缕缕微光映在雪花上，犹如新娘的发饰一般，停留在大树的树冠上。隆冬之夜阒寂，完美地将天地融为一体，令我心潮澎湃，我几乎要为这深邃的美、深沉的宁静和天地全然一体而感动落泪。谢谢。

我不太喜欢如此光滑的冰面，

它让汽车和行人无法行走，

我也不喜欢令人感觉寒冷的气温。

然而，

我感谢我的车——“蓝美人”，以及为她安装了如此耐用电池的制造人员，我以最最真诚的心，感谢那个发明汽车暖风装置的人。同时，我感谢那双令我舞动的脚，我给每一位冬季舞者送上温暖的祝福，他们为通往工作室的道路除冰，紧裹大衣进行舞前热身。我感谢太极所带来的一切！

湿漉漉的连指手套，

被风吹得流泪的眼睛，
冰凉的耳朵，
冻红的鼻子，
几乎冻僵的手指和脚趾，
头发上凝结的冰珠，
或者晚上把手套忘在车里，
我不会为这些事情欢呼雀跃。

同时，

谨向它们表示衷心的感谢：冒着热气的菜汤、绒毛拖鞋、宽大的浴袍、保暖耳罩、拍手歌唱的福音唱诗班、春天里百花的芬芳、羽绒被、闹钟唤醒功能、热水、壁炉、晴好的天气、红色的袜子、好几层的保暖衣、法兰绒床单、我的爬上雪堆的狗、热奶茶、袜套、穿着宽大毛衣的朋友们、贡献了羊毛的绵羊、雪人、为冬天剪的新发型、伊卡璐染发剂、穿着五颜六色防雪服蹒跚学步的孩子、热巧克力、靴子、各种各样的花卉。哦，对了，还有——太阳。

当生活的一部分内容被取消，
比如教学、工作、所有的舞蹈课，
或者生活的一部分设施被关闭，

比如机场、道路、杂货店、加油站，

对我来说并不令人兴奋。

所以，

我的小天使奥列尔·罗斯在咯咯地笑，我转身望向窗外，几个十几岁的邻家孩子正在雪地笑闹玩耍，穿着过膝长靴的邮递员正在道路上行进，邮递员还唱着清亮的歌曲。我意识到上帝喜欢微笑，于是我走进厨房，看到冰柱映射的阳光在墙上闪烁。今天没事做，雪很大，没有地方可去。今天没事做，多好啊，多么幸运！今天没事做，所以我今天会思考，思考很多事情。思考过去、现在和未来的事情，相互关联的事情，大大小小充满爱的事情，宇宙和我的事情，上纽约州的事情，还有圣克罗伊的事情，快乐的事情，值得反思的事情。

当明月高悬夜空时，妹妹奥列尔·罗斯和我会出门，我们都会成为一个完美的白雪天使。

这就是我的冬季感谢信。

然后，所有人都能看到我们的感恩与快乐。

美好的日子

帕特里斯·喀斯特

帕特里斯·喀斯特是《上帝让一切变得简单》的作者。她是一名作家和追求觉悟者，她告诉大家以任何喜欢的方式，迎接上帝为他们的人生带来的奇妙之处。她和儿子以利亚居住在美国洛杉矶海边，喜欢徒步旅行、参加冰淇淋派对和观看流星。

作为一个孩子的母亲，我经常感到忧郁，觉得自己“很可怜”。独自抚养一个孩子，无论在情感上、身体上还是精神上，都是我面临的最大的挑战。当孤独、恐惧、单调和疲惫占据上风时，我真的会感到厌倦。无论我如何告诉自己，与这个星球上的 70 多亿人相比，我都算是过着安稳的生活，但我仍然觉得没有达到我所渴望的那种平静状态。

所以，我想了一个办法，让自己忙起来，把我的注意力从挣扎和纠结中移开。每天晚上入睡前，我为当天发生的、让我真正感恩的事情感谢上帝。结果，奇迹发生了，我发现自己一天中大部分时间都处在蒙受恩典和感恩的状态。当我的大脑一整天都在搜寻“任务”时，我可以看到每天会发生多少有价值的事情。

从邻居的风铃在微风中叮当作响，到加油站服务员脸上友善的微笑，再到我儿子以利亚玩耍后跑进来告诉我说他爱我，“他的爱比海洋、天空和一百万亿颗月亮还要大得多”时，我内心感受到无比的温暖。现在，我每天晚上都有一个很长的感恩清单要写下来！

无论这段被称为“生活”的旅程有多么艰难，我都心存敬畏，精神全然放松。当我放慢脚步时，我意识到生活都是由成千上万的“时时刻刻”组成的。如果我花时间去感受和欣赏它们时，就会发现其中大部分时间都是非常美妙的。

愿我们随时随地都能在一切事物中看到并感受到爱的存在，无论是炎热天气里的一杯冰茶，还是整晚为我们带来温暖和抚慰的毯子。用眼睛去发现，用耳朵去倾听，愿我们都能注意到舞动在我们周围的奇迹。

祝福一切

朱莉·基恩

朱莉·基恩曾是美国密歇根州费里斯州立大学教授，之后她在全国各地的联合教会担任牧师。她与艾奥尼·简森合著《单身女性：创造愉快而充实的生活》一书，并撰写了自传作品《从肥皂剧到交响乐》。目前，她在佛罗里达州盖恩斯维尔工作和生活，并经常在那里举办以灵性和心理成长为主题的讲习班。

感恩和信任是密切相关的。要想做到对生命中的每个人和每件事心怀感恩，必须相信宇宙自有其道理，我的灵魂在这一生中选择去经历的每件事，都是为了最终成就圆满的自己。我相信，当我经历失败时，那不过是我学习的过程。我努力祝福自己的生活，无论成功还是失败。吉卜林的诗《如果》中有一句话经常浮现在我的脑海中："如果你能够平等看待成功和失败，你会发现它们都是伪装者。"

地球是一所学校，我提醒自己，我是地球学校里的一名学生，学会面对那些对我心灵有所裨益的课程，能让我在面对生活的各种情况时，及时激发我的祝福。当我觉悟的程度还不够时，我也会想："我为什么要选择这种痛苦？"然而，感恩并信任宇宙终极公正，是治疗自怜和怨恨等有害情绪的良药。

我发现，感恩和负面情绪是无法同时存在的。作家伊莉莎白·库伯勒罗丝提醒我们："如果你想让山川免受风暴的侵袭，那么你也无缘欣赏到被暴风雨雕琢的美丽山川。"现在我学会了祝福和感谢我生命中的暴风雨，是它们最终塑造了我。

当我的灵魂出现在地球学校时，它已为我准备好了具有挑战性的课程。许多年后，我才学会透过这些经历，看到含藏其中的大地恩典。当我能够真正开始理解其用意并心怀感恩时，我便从那暗无天日的

“受害者囚笼”中解脱出来，走进自由和快乐的天地。

虽然我的出生证明上带有“非婚生”的标签，但我很感恩。现在我明白，上帝的眼睛一视同仁。在我完成地球学校给我布置的任务时，我知道上帝存在于我的心中，我会拥抱自己与生俱来的价值。小时候，我虽然遭受了身体上的虐待，但我仍然感恩，因为现在我知道，不论我的身体遭受过何种伤害，我的灵魂永远不可能受到任何伤害。

虽然我有过一些“失败”的情感经历，但我十分感恩，因为每一段关系都是我练习爱和宽恕的绝佳机会，也是我从更深层次了解自己的机会。我很感恩，在每段关系结束之后，我依然能从中学到东西。

我的大儿子理查德在 9 岁时就去世了，但我很感恩，因为我知道每个灵魂都会选择自己在地球学校的经历，包括离开这里的时间和方式。事实上，并不存在真正意义上的死亡，灵魂是不灭的，而爱也不受时间和空间的限制。我的二儿子罗伯特在两岁的时候差点死掉，他的大脑也因此受到了损伤。我很感恩，因为我知道罗伯特选择了地球学校这堂课，而作为他的母亲，我选择了和他一起经历这些。看着他在生活中挣扎，我感到很痛苦，但这是生存的要求，而这也教会了我无条件地爱，这是多么好的礼物！

回顾我的一生，我能看到暴风骤雨雕刻出来的美丽。我相信现在与未来的挑战，还会促使我的灵魂进一步成长。我的心充满了感恩，我感恩生命中所有的人和事，因为现在我明白他们出现在我生命中有更高的目的。我的心充满了对神圣之爱的感恩，那爱围绕、引导、保护和支持着每一个人！

人生最重要的课程：感恩

金伯利·洛克伍德

金伯利·洛克伍德是一位行走在灵性道路上的旅行者，她阳光、积极的人生观鼓舞了家人和朋友，并成为他们的榜样。成为巴里·洛克伍德的妻子和布列塔尼·洛克伍德的母亲，是令她最为感恩的事，她认为家庭和宗教学会是她成长过程的重要催化剂。金伯利现居美国加州拉科斯塔市。

感恩是人生最重要的一课。我们一开始就能学会它，这是人生最简单的一课。

小时候，当我说“谢谢”时，是因为父母教我这样做，我并没有真正体会到感恩之情。父母称其为“礼貌”，而我只是照做而已。

随着我的成长，这种做法成了我的一种习惯：永远有礼貌，尊重长辈，总是说“请”和“谢谢”。

成年后，我开始学会欣赏周围的事物：秋天的山坡，冬天的雪峰，春天艳丽的花朵，还有雨后清新的空气。我开始发现我周围的美，我是否体会到了感恩之情?

时光流逝，我享受着生活以及生活为我带来的一切。我遇见了最好的人生伴侣，一开始是朋友，然后我们彼此相爱。我们共同经历了艰难岁月，一起成长，感情变得更加坚固。大约一年后，我们结婚了。

一切都是那么美好，是时候安定下来，开始我们共同的生活了。但相反，我们那段时间有点疯狂，想做什么就做什么，喜欢什么就买什么，是否有足够的钱并不重要，我们尽情消费。

过了一段时间，我们停止了这种行为，并开始审视我们的生活状态。这种状态实在不怎么好，我们的感恩之心到哪里去了？当时我们认为这一切都是理所当然的，也不珍惜我们所拥有的东西，只是一味地想要更多。

是时候理清头绪了，于是我们开设了一个储蓄账户，买东西只付现金，不再大手大脚地买礼物。我们意识到，无论我们在家人和朋友身上花多少钱，他们都会同样爱我们。

在我们努力摆脱财务困境的过程中，生活真的非常艰难。如今我钱包里有了点钱，我真的很兴奋！

日子一天天过去，我怀孕了，这对我们两个来说是个惊喜。几个月过去了，小生命在我体内成长，我们的感恩之心也与日俱增。能够经历这个神奇的过程，是我们得到的最好的礼物。

女儿出生那天，丈夫将她接到自己怀里，女儿望着他的脸，那真是不可思议的表情。丈夫的眼中充满了喜悦的泪水，他的爱都写在了脸上。然后，他把女儿放在我怀里，当时我只想说："谢谢你，上帝！"泪水从我的脸上流下来。我真的很幸运，当我看着女儿的眼睛时，我完全被爱和感恩淹没，她就是上帝送来的天使。

我终于明白了"感恩"的含义，我每天都有这种感觉。感恩是一份特别的礼物，不要认为任何事情都是理所当然的，要爱并欣赏生活中的一切。感恩有它存在的原因，从中学习吧。

请记住，当你说"谢谢"的时候，要由衷地发自内心地感激，至少我是这么做的！

如此多的祝福

约翰·梅森

约翰·梅森爵士，1927年出生于英国曼彻斯特，曾就读于曼彻斯特文法学院和剑桥大学，并获得历史学硕士学位。他曾在英国军队服役，并取得上尉军衔。1952年至1984年，约翰在英国外交部工作，被派驻罗马、华沙、大马士革和纽约任职。1976年至1980年，担任英国驻以色列大使；1980年至1984年，担任英国驻澳大利亚高级专员。他于1984年退休，定居澳大利亚，曾担任许多大型企业董事长职务。他拥有英国和美国双重国籍，1954年与玛格丽特·牛顿结婚，育有一子一女。1980年，约翰被授予爵士头衔。

如此多的祝福

约翰·梅森

我今年 68 岁，在这一生中，我认为没有哪一件事情是不值得感恩的。我要感恩的人很多，因为他们给了我太多感恩的理由。我的福分，我自己都数不清。

先谈一谈我的幸福生活，然后再和大家分享我的祝福。

个人的福分

我的父母给了我很多：聪明、积极乐观和一个幸福安全的家。他们鼓励我去争取奖学金，并用优秀的教育让我拿下奖学金，我用它支付了我的学费。

我觉得自己很幸运，我生命中最大的幸福，是与一位非常有耐心且充满爱心的女士结婚。在 40 年的婚姻生活中，我对她感激不尽，我希望我没有忘记告诉她这一点。我们有两个可爱的孩子，他们不仅生活得快乐、幸福，而且我们都保持着联络。

29 年前，我在切除肾肿瘤后，癌症又转移到肺部（继发性癌症）。医生告诉我，我只剩下不到一年的时间。和我沟通的医生为我传达了错误的病情信息，为了表示歉意，他们给我提供了一种试验性药物，说这种药不会对我的身体造成损害。现在我依然每天服用这种药物，很感谢这个药物的发明者，在治疗肺癌的过程中，我是唯一活过五年的人。

病情导致我十分易怒，但我很感恩，我确信这对我战胜肺癌有很大的帮助。如果我没有两个钛制髋关节，我便无法行走。如果没有白内障手术后植入的两个人工晶体，我就会失明。感谢那些人，他们将这一切变为可能。

分享的祝福

20世纪30年代，当我还是个小男孩的时候，我记得有两个朋友死于猩红热和白喉。现在这两种病已经很少有人知道了，但我记得我们每个人的左臂上部都有一两个圆形的疤痕，代表接种了天花疫苗。在不到20年的时间里，疫苗接种证明已经成为出国旅行的必要条件。如今，“天花”这个历史上的超级传染病已经被彻底消灭，与其说这是一个值得感恩或祝福的理由，不如说是一个奇迹。

我记得肺结核病带来的灾难，那可不像济慈和勃朗特三姊妹写得那么浪漫，而是可怕的社会和医学灾难。如今，肺结核病也已经消失了，我们应该感恩那些将其消灭的人。我记得我不能在当地的游泳池游泳，因为害怕感染小儿麻痹症！还记得小儿麻痹症吗，让我们感谢索尔克博士吧。

我们应当心怀感恩，因为我们现在可以公开谈论癌症，而在30年前，这是一个禁忌话题。正因为现在可以讨论这个话题，我们才会更早得到有效的治疗。我很感恩能够与其他癌症患者分享我的患病经历，并给予他们鼓励和希望。

最重要的是，作为一个父亲，我很感恩我的儿子不必像我和我父亲那样，必须在战争中学会残杀自己的同胞。

我希望我阐明了自己的观点，我认为在我这一生的时间中，世界已经变得更加美好，我很幸运能在那样的岁月存活下来。我深深感恩我的同辈人，不论我是否认识他们，是他们成就了这一切。

感恩是一种治愈的态度

埃米特·E. 米勒

埃米特·E.米勒，医学博士。在教导人们如何提高健康和幸福方面，他拥有超过25年的成功经验。他制作的通过意象实现放松的磁带《我是》《放下压力》和《治愈之旅》等，被奥林匹克运动员、商业领袖、医生和其他疗愈领域的人士广泛使用，成为世界公认的意象放松标准。他还是《深度治愈：身心医学的本质》的作者。

感恩是一种治愈的态度

埃米特·E. 米勒

看看我的生活！我应该心存感恩，还是认为生活欺骗了我？杯子到底是半满还是半空？

我可以抱怨玫瑰有刺，也可以感恩荆棘丛里有玫瑰。在纯粹的认知或科学层面上，这两种态度指向的事实是相同的，但在现实生活中，不同的选择却会带来天壤之别的结果。

在我们与世界的关系中，如果我们把自己描绘成受害者，由此产生的无助感就会通过整个生理系统传播，其后果可能是器官或组织系统衰竭或崩溃。

无论我们觉得感恩或满足，还是失落、愤怒和怨恨，一种相应的内在化学反应都会发生。这种化学反应反过来又会引发不同的后果：健康或疾病、满足或不满、成功或失败。

在我心身医学的医疗实践中，感恩的重要性在心理生理学上是非常明显的。感恩的人康复得更快，他们能够更轻松地消除生活中的有害行为，精神上也会显得更快乐。

在 20 多年的实践中，我有一个有趣的发现。有些人通过在我这里学到的东西，使自己的生活发生了巨大的变化。还有些人，虽然症状和疾病完全相同，但他们很难改变自己的行为，也无法得到治愈。那些对治疗心存感恩，并感激我为治疗投入精力和心力的病人，恢复得最好。

那些多疑和缺乏信任的人，认为治疗时间应该更长或者更便宜的人，怀疑自己是否被“坑”的人，改善的速度要慢得多。从疗愈发展的过程来看，很明显，是否有感恩之心是其中的关键。

我们看待世界的方式，决定了我们面对生活中的挑战时所作的反应。感恩使我们能够做出明智的选择，选择如何感受，选择说什么，信仰什么，做什么。我们比世界上 95% 的人更富有，消耗的资源是他们的 10 倍，能比我们的曾祖父母多活 25 年，享受着自由和创造，然而我们却专注于“半空”的杯子，这是多么荒谬的事呀！感恩让我们能够看到我们拥有什么，以及发展的机会。毕竟，空杯子是没有什么价值的。

如果没有感恩的态度，就会产生一种被剥夺的感觉，比如美国有 60% 的超重人口。同样，吸烟者、酗酒者和瘾君子，他们的生活质量也在不断恶化，虽然他们信誓旦旦地说他们会做得更好，而且做到这些很简单，但他们从来无法做到他们所说的。这些人其实处在一种不自知的否认状态，否认他们内在的丰足。相比之下，意识到自我的圆满，就会使行动的难度相形见绌。除了即时短暂的满足，如果不了解自己究竟是谁，就很难正确认识事情的真正价值。

当我们心存感恩时，我们会以充实的自己与他人互动，对方感到被欣赏，也会被我们的能量所吸引。怨恨、刻薄和受害者的心理，会使自己倾向于排斥别人，也很难从别人那里得到支持。同样，由于缺乏感恩之心，一旦感觉无助或突发疾病，我们会觉得自己的健康正在走下坡路，而其他人却在享受快乐。

在心理神经免疫学领域，我们确信情绪、信念和选择对身体功能具有深远的影响，包括生病和抵抗疾病。近年来，关于“习得性无助”*的研究最引人注目。从理论上来说，无论我们在生活中遇到什么样的挑战或危机，如果我们感到无助，我们就更有可能生病。

在我看来，感恩的心态不是与生俱来的，而是后天习得的。感恩与感觉充实、完整、完满密切相关，即我们拥有自己需要和应得的一切。我们都以某种价值观来看待这个世界，对满足感的体验程度，决定了我们感恩的能力。缺乏感恩之心，就会感到不完整、被欺骗、有缺陷，一言以蔽之——无助。

如果你没有那么幸运，没有从小就被教导学习感恩，你可能会不时

* 习得性无助是指人或动物接连不断地受到挫折，便会感到自己对于一切都无能为力，丧失信心，陷入一种无助的心理状态。这是美国心理学家塞利格曼1967年在研究动物时提出的概念。他用狗作了一项实验，起初把狗关在笼子里，只要蜂鸣器一响，就给狗以难受的电击，狗关在笼子里逃避不了电击。多次实验后，在进行电击前，先把笼门打开，蜂鸣器一响，此时狗不但不逃，而是不等电击出现，就先倒在地上开始呻吟和颤抖。本来可以主动地逃避，却绝望地等待痛苦来临，这就是习得性无助。

地陷入绝望、怨恨和不幸。这种情况有时仍然会发生在我身上，每当此时，我会提醒自己我所做的一切究竟是为了什么，以及我的生活使命和愿景，以此提醒自己要心怀感恩。学会感恩可能需要一段时间，但通过内心的专注和想象，我们的态度总能改变。毕竟，和大家一样，“我的思想塑造了我”。

超然的感恩

丹·米尔曼

丹·米尔曼著有多本图书，包括《和平战士的方式》《不平凡的时刻》《你生来就该拥有的生活》和两本儿童读物。他的作品被翻译成16种语言，激励了数百万人。作为运动领域前世界冠军和大学教授，丹目前从事个人成长和灵性成长方面的培训工作，受众涉及各行各业。

虽然我们大多数人都有五种能力，但其中两种能力具有特殊的意义：幽默感和洞察力。感恩之心源自这两种能力，如果我们缺乏洞察力和幽默感，就可能因为别人的不完美和错误而感到失望或心烦意乱。

然而，经历过巨大挑战和考验的人会有不同的反应，比如经历过痛苦、疾病和亲人离世的人，就不会“为小事而烦恼”，即使对很小的恩惠和祝福，我们也会心存感激。

作家兼演员查尔斯·格罗丁曾与我分享他的故事。他的父亲在他 18 岁时去世，从那以后，生活中遇到其他的痛苦，他都觉得与父亲去世相比微不足道。他父亲的死给了他一种新的视角，并使他产生了一种深刻的感恩之心。

随着时间的推移和视野的扩大，我们的观念也会发生变化。我们开始心存感恩，不仅对特别的恩惠、善意举动或良好环境心存感恩，对一些小事也是如此，比如日出时的霞光，微风中摇曳的树枝。我们观念的变化也会带来一种深刻的谦卑。谦卑不是温顺，而是欣赏我们在宇宙中的位置和生活提供的发展机会，无论它是否碰巧在那一刻进展顺利。

小时候，我们接受的是传统的感恩教育：“亲爱的，对苏珊阿姨送的漂亮衣服说‘谢谢’。”或者我们可能被“教导”出于内疚而感恩：“我为你做出了多大的牺牲，看看你是怎么做的！”当有人说我们“忘恩负义”

时，表明我们已经违背了社会规则。

传统意义上的感恩可能带有些许义务负担，比如人情债。现实中大家可能经常这样说：“你为我做的比我为你做的多，所以我欠你的。从感恩的角度来说，我欠你一个人情。”通常来说，利他行为背后的动机是多种多样的，包括责任感、义务感、社会良知、对认可和关注的需求，很少有纯粹的利他主义或自我牺牲。

如果有人帮了我的忙，社会规则会告诉我，我“应该”感激对方。如果我为他们提供了奉献他人、服务社会或提升他们自我价值感的机会，他们也应该感激我。我们看得越深，感恩的“规则”也就越难以捉摸。

然而，“超然的感恩”超越了社会规则，我们不是对某人心存感恩，而是对所有的人或事都心存感恩，感恩生活中出现的每个人和每件事。这种感觉会使我们振奋，并帮助我们最终认识到其实我们是一体的。

一段时间以来，每天早上我都怀着感恩的心醒来，每天晚上也怀着感恩的心入睡，并越来越能够感受到上帝的存在、爱和祝福。我感恩我的朋友和对手，感恩我生命中的快乐和挑战，因为爱令我感觉愉悦，挑战能帮助我成长。总之，凡事都有它独特的意义。

沉浸感恩

玛丽·M.摩尔

20多年来，玛丽·M.摩尔一直在传递巴塞洛缪能量。她在美国夏威夷度过了自己人生的前18年，之后5年，她在斯坦福大学取得了两个学位。多年来，她通过不同的方法研究基督教圣人的力量、佛教禅宗和拉玛那·马哈希*的见解，不懈地追寻清醒的觉知。

---

* 拉玛那·马哈希（1879—1950），生于南印度，是广受尊敬的得道大师，被誉为20世纪印度彻悟本心的觉者和声动寰宇的说法者。他的教导超越了各宗教间的界限，呈现出平等雍容的整合。

在过去 17 年推广巴塞洛缪思想的过程中，我所学到的就是感恩。就像爱一样，这种体验的层次可以不断加深。我曾经以为感恩无非是对生活中的某些事情、某些人或者乐趣感觉良好，但巴塞洛缪向我展示了比这种有限的、线性的、功利的观点更为广阔的内容。他不断向我们阐释，感恩在最深的层面上是一种永恒存在的、充满和平的能量场，无论在什么情况下，它都充盈于生活之中。他把我们从“只有事情进展顺利才会感觉良好”的认知中拉出来，并将我们带入更深的层次：这种感激、奇迹或平静是一种持续不断的能量场，只要我们能从精神和情感的剧本中解脱出来，融入宁静且恒常不变的感恩本身，我们就能感受到它。

这是一个激动人心的时刻，当我们意识到，无论在我们身上发生了什么事情，无论现在怎样，都是我们觉知无所不在的存在本身所需要的，我们称之为上帝、爱、光、自性，等等，怎么称呼都可以。巴塞洛缪经常对我说：“当下就是它。”无论你正在经历什么，只要你不去思考它，不试图改变它，不去回避它，你就会在所有经历中找到你一直寻求的平静和奇迹。

近年来，我们当中的许多人，在各自的灵性成长道路上，已经开始真正地走向觉醒，并体会到这个永恒的现实。当我在世界各地旅行时，我发现，不同国家、不同背景的人们都是如此。

这就像一个希望、感激和深刻觉醒的泉源，发生在成千上万来自不同道路的探求者身上，无论他们的名字是什么。我一次又一次听到人们表达他们的感恩之情，因为他们终于感受到上帝的存在。不知何故，通过不知是从何而来的恩典，我们开始真正意识到，作为我们与生俱来的权利，我们具备体验那种本具神性的潜力。这种潜力就存在于此刻、今天、此生，而不是某个未来或者条件更好的来生。我们似乎都愿意听到“好消息”：“我们”就是我们所寻求的答案，且从未与其分离；只要我们愿意暂时放下精神和情感上的造作，进入永恒的存在，我们就能印证这个真相。

如果我们允许自己去体会事物的本来面目，温暖就会充满每一刻，我们就能够放下一切。我们其实无法“做”什么，“寻找”什么，或者“得到”什么，因为我们和“它”本来就是一体的，还有比做自己更容易的事情吗？我们只需要停止一切造作，那剩下的、无边的存在便是了。不必挣扎，不必用力，仅仅是体会：存在。

我的“感恩笔记本”

南希·诺曼

南希·诺曼牧师专注于启发人们发现、拓展和成就自己最大的潜力。她的指导明确、实用、真诚，容易应用于日常生活。南希是联合教会的牧师，同时，她在房地产、时尚和教育领域也十分成功。她一生都在致力于帮助人们过上更好、更充实、更丰足的生活。

那朵小小的乌云似乎无时无刻不在我的头顶盘旋，随时准备把阴郁和厄运倾泻下来。最近，我离婚了，不知人生何去何从，没有工作或事业，没有经济上的安全感，感觉非常孤独，只有这朵小小的乌云如影随形。我该怎么办？我不知道该从哪里开始。此时我想起了一句话，就好像有人对我说："别总是关注生活中不如意的地方，应该关注好的和积极的方面。"我承认，这不是我想出来的办法，而是一件我从未思考过的事情。

一个计划开始在我脑海中形成。我坐下来，尽最大努力去回忆，并罗列出我能想到的所有美好和积极的事情。在我记录的过程中，这个世界似乎也跟着变得更友好了，我意识到我应该心存感恩。当我抬起笔，写下满满几页纸后，悲观和沮丧的情绪渐渐消失了。从那一刻起，我决定专注于我生活中美好和正确的事情，将感恩的思想继续发展下去。我打算随身携带一个小本子，随时记录那些令我感恩的事。

早晨散步时，我用全新的眼光观察世界。从前，我将眼前的景色视作无物，而现在一切看起来是那么美丽鲜活。路上偶遇小狗和小鸟的鸣叫声，都在提醒我，我生活在一个丰饶、充满爱与和谐的宇宙中，我把这些感受都记录在我的"感恩笔记本"中。

随着日子一天天过去，祝福也接踵而来。我收到了一些邮件，不是账单，而是三张支票，这绝对是意外的收入。一位邻居给我带来了美味的自制馅饼，她说不知道为什么，在烤馅饼的时候莫名想到了我。另一位朋友送了我一幅画，那是他委托一位著名艺术家为我画的。我把这些事情写在了我的“感恩笔记本”上。到了下午，我心头的那片乌云已经烟消云散。

我一直使用我的“感恩笔记本”，它帮助我超越自我挫败导致的恐惧和怀疑。感恩是一种强大的磁场，它能很自然地把快乐的人和事吸引到我身边，也能激发生命中神秘的潜能。心存感恩便是和宇宙同步，这个秘密会让你拥有充实美满的人生。

是的！我的确生活在一个充满爱、丰饶、和谐的宇宙中，我心存感恩！

感恩的礼物

罗伯特·奥多姆

罗伯特·奥多姆是《12步康复伴侣》一书的作者。作为一位咨询师和讲师，他在康复方面有着20多年的经验。他精通美国新墨西哥州历史，并分别在圣达菲和拉斯克鲁塞斯安家。

学习如何去爱是一个发现我们究竟是谁的过程。真相很简单，地球上所有的生命都是灵性在物质中的显现，一切生命都具有灵性。灵性是神圣的，因此，所有的生命也是神圣的。

感恩，就是有意识地去欣赏生活的复杂性。我们总是忙于“做事”，以至于没有多少时间真正去生活。有时候，我们只能对显而易见的祝福心存感恩，但总会陷入对痛苦的怨憎中。

我们所处的各种文化令我们期待即时的满足感，忽略了那些需要花费大量时间和密切关注的过程。我们希望通过读几本书，参加几个讲习班，就能马上觉醒，这是一种急功近利的心态。在学习如何去爱的过程中，我们必须拥抱生活中所有的经历，无论是糟糕的还是美好的。很多时候，我们最了不起的灵性认知恰恰隐藏在困惑和痛苦之中。的确，对痛苦和快乐都能心怀感恩，这着实不易。

对一切教训和经历心怀感恩，实际上是对生活发自内心的真诚回应。心怀感恩，或者正如我们在“12 步疗法”中所说的，采取一种“感恩的态度”，能让我们保持彼此内在的联系。它提醒我们，每个人都是生命螺旋这个伟大创造的一部分，每个人都走在返回源头的灵性之旅中。旅途中遇到的每件事，都是通过意识到自己本有的神性，促使我们走近灵性。

学会有意识地感恩是我们的灵性使命，因为我们发出的这种能量能够帮助我们疗愈自己，治愈我们的兄弟姐妹，最终治愈这个星球——我们的地球母亲。

花些时间在大自然中独处，静静地观察蚂蚁、鸟儿、灌木丛和树叶，你会发现所有的生命形式都在不自觉地享受着这个世界。蚂蚁有足够的沙子来挖洞，鸟儿有大量的树枝来筑巢，取之不尽的阳光滋养着各类植物。当你身处大自然时，请记住，你也是这个奇妙而复杂的生命之网中的一部分，能够生活在这个美妙的世界是种无上的福分。深呼吸，打开你的心扉，明白感恩是欣赏这个世界的独特礼物。

有意识地去感恩每个人，每件事，也包括那些教会你如何去爱的经历。

感恩：爱的自然表达

丹尼尔·派拉塔

丹尼尔·派拉塔是一位形而上学教师，拥有安蒂奥克大学的心理学学位。他在露易丝·海的指导下接受了广泛的训练。丹尼尔的工作对象十分广泛，从公立学校的孩子到有智力或心理障碍的人，他目前正在辅导监狱中的囚犯。丹尼尔还主持了一个名为“自尊：强大起来！”的直播互动节目，该系列节目在教育频道播出。目前，丹尼尔生活在美国夏威夷。

感恩使我们的注意力集中在生活中美好的事物上。

它让我们的祝福加倍。

当我们愉快地表达感恩之情时，

它打开我们的心扉，

让我们感受到更多的爱。

爱是治愈我们生活的力量，也是能够最终治愈这个世界的力量。感恩源自爱，它是爱的自然流露。因此，当我们表达感恩之心时，我们就与治愈的力量保持一致。感恩和赞美能传播这种治愈的能量，让我们的生活和世界变得更美好。我们表达感恩之心的同时，也是在帮助治愈这个世界。感恩将积极的能量投射出去，之后，仁慈的宇宙也会做出善意的回应。

培养“感恩的态度”是十分必要的。首先，可以发现你已经拥有的一切美好。细数生命中的美好事物，是帮助我们振奋精神的最可靠的方法之一，关注美好总能帮大家把精力转移到积极和令人向往的事情上。如果你感到沮丧或悲伤，可以思考生活中所有美好的事情，从感恩你所拥有的一切开始。寻找美好的事情很容易，因为它们一直都在，这样做会增加你的正能量。学会对生活说声“谢谢”，因为美好已经充满你的内心和周围的世界。

你活着，并且正在体验生命这份礼物，这本身就是巨大的幸事。每一天都是鲜活的，充满全新的可能性，等待你去体验。每一天都是重新开始的机会，你有机会去做你自己，那个卓越的自己，这是多么幸运的事！感谢上天，你身在此处，因为你愿意并能够为这个世界贡献你的才能和天赋。世界需要你，生活感激你，现在，你应当感激自己。

当你表达感恩之情时，你就会把身边的能量提升到一个更高的水平。你创造了正能量，它从你身上散发出来，并以奇妙的方式回报给你，你变得更有吸引力，美好的事物和美好的人都会被你吸引，因为生活在你的身边令人如此愉快。感恩的态度具有吸引力，它可以将挑战转化为可能，将问题转化为解决方案，将损失转化为收益。感恩能够转换能量，拓展我们的视野，让我们看到那些别人看不到的东西。

即使在最黑暗的时刻，我们也可以培养一种感恩的态度。无论周围发生了什么，我们都可以选择一种有助于我们学习和成长的方式来应对。当我们把困难看作成长的机会时，就会从感恩中得到提升，因为任何经历都包含了一份特殊的礼物。

表达感恩之心，也会让我们找到那些值得感恩的人或事。当我们真诚地感恩生命提供的一切时，我们就能在自己和他人身上看到光明。我把每个人和每件事都看作潜在的祝福。

感恩是祈求更多的美好，它会吸引富足和慷慨。我认为“谢谢”是最美好的词，它可以让一个人心情舒畅，并让他人知道我们对他的感恩之情。它能打开我们心灵的大门，让我们的心灵彼此相连。

每天早上醒来，我说的第一句话就是“谢谢”，这让我立刻感受到与永恒的存在联系在一起，让我的内心充满爱。我很感恩我活着，在呼吸，又拥有新的一天，可以充实地生活。我感恩身在此处，能够参与和分享宇宙的丰饶。

生命的恩赐是给予我们所有人的。当我们表达爱和感恩之情时，我们就能协调自身的能量，意识到我们生命本身也是这丰厚恩赐的一部分。

对于培养感恩的态度，我有一些建议：

在一天中，默念或大声说“谢谢”。让上天知道你很高兴能活在这个世界，参与这个被称之为“生命”的历程。对自己、对他人、对世界说声“谢谢”，让感恩的态度广为传播。

将感恩记录在本子上，写下生活中所有让你感恩的人和事。别忘记写上电、水、管道、技术和所有我们时常忽略的便利设施。如果你不能把它们写下来，那就在心里想一想，赞扬我们所取得的所有进步。

当你经历困境时，读一读这些经历，然后告诉自己：“我知道这是上天对我的祝福，我愿意在这次经历中看到它背后的礼物。愿这些教训能给我带来启示，使我变得更坚强、更清醒。”

感谢……感谢……感谢……！

感恩：一种生活方式

玛西娅 · P. 里德

玛西娅 · P.里德是美国知名的励志演说家，她喜欢与听众分享自己25年来的人生和工作经历，包括商业经验，10年来获得的新思想，以及咨询工作中取得的成功和客户自我实现的经历。玛西娅拥有心理学和法学学位，是《朝九晚五：工作成就感指南》的作者。

感恩：一种生活方式

玛西娅·P. 里德

想要唤起感恩之心，并不总是那么容易。如果我们身处糟糕的环境，或者我们更关注自己缺乏而不是已经拥有的东西，那么，要想发现值得感恩的事情几乎是不可能的。感恩不仅仅是简单的感激，感激指的对刚刚发生的特定事物或事件的感谢之情，比如“我收到了一件新毛衣，我很感激”。而感恩是一种生活态度，一种生活方式。心怀感恩的人拥有一种能力，那就是时时刻刻都能从生活中体会到美好和富足。令人惊讶的是，感恩似乎能吸引更多的祝福进入我们的生活，比如财富、机会、美好的人际关系以及其他值得期待的东西。

经常表达感激之情会让你拥有充满感恩的生活方式。我养成了一个习惯，每当有好事发生时，不论是否在预料之中，我都会默默地或者大声地说：“谢谢你！”当这种做法成为习惯，你会注意到发生在自己身上的变化，曾经困扰你的事情变得无足轻重了。当你看到比自己不幸的人时，当你为你拥有的一切感谢那个终极源泉时，你也会对别人伸出援手，给予他们精神或者物质上的帮助。

练习感恩就是认识到我们其实是被取之不尽的物质所包围，它们遍及整个宇宙。正如埃里克·巴特沃斯在他的《灵性经济学》一书中敦促我们所做的那样：“你必须意识到，你生活在物质当中，就像鱼生活在水中一样。”即使我们在金融危机中失去了所有的财产，我们也永远不会缺少物质，因为物质本质上并非由材料构成，我们可以通过感恩之心来引导那些无处不在的物质，并令其显现为我们所需之物。

感恩会给我们的生活带来两种愉快的结果。首先，它能创造一种深切的喜悦感。据说，如果我们将幸福作为我们追求的目标，幸福可能会远离我们。快乐也是如此，如果我们为了快乐而寻找快乐，它便无迹可寻。但如果我们学会感恩，生活在一种满足的意识中，对我们所拥有的一切心存感激，即使我们拥有的并不多，也会发现幸福和快乐在我们身上自然流露。

感恩带来的第二种结果便是丰饶和成功的个人体验。这里有一个公认的道理："我们会得到更多我们所关注的东西。"如果我们把大部分时间花在思考我们没有得到的东西上，或者只关注我们失去了什么，这种想法就会不断扩大，于是我们就会失去更多，感到更匮乏，对生活的现状也就更为不满。然而，如果我们专注于我们已经拥有的东西，比如餐桌上的食物，关心我们的朋友或家人，窗外的阳光，那么这些也会变得更多。感恩能够神奇地吸引越来越多我们想要得到的东西。

所以，今天就开始练习感恩吧。当你醒来，马上问自己："今天我该感恩什么？"然后花点时间去感受你内在的宁静，欣赏你自己，欣赏这个美妙的生命存在。请记住，要时时关注发生在你身上和身边的美好。

感恩：强大的力量

约翰·R.普莱斯

约翰·R.普莱斯著有多本畅销书，包括《超级生命》《丰盛之书》《内在天使》和《实用灵性》。他是夸特斯基金会董事会主席，他与妻子简一起举办研讨会。为了表彰他们在发起“连接全球心灵”和“世界治愈日”方面所做的工作，普莱斯夫妇被教会联合会评为1986年“上帝之光表达奖”的获得者。约翰也被国际新思想联盟亚利桑那区授予1992年度人道主义奖。

“感恩”通常的含义是感谢我们所得到的好处。感谢得到的好处固然重要，但我认为感恩的能量是宇宙中最强大的吸引力之一。一颗充满感恩的心，会使我们达到更高的意识层次，即使我们深陷匮乏、冲突和痛苦之中，也能很快拨云见日。

借用我在《赋权》一书中所写的内容，我们的欲望首先在意识中得到满足，然后它们以理想的体验和形式出现在外部世界。因此，满足欲望的秘诀就是，当美好仍处于无形无相的状态时，就要开始心存感恩。感恩能释放出一种充满活力的灵性能量，它走在我们生命的前方，并对我们的生活产生巨大的影响。

感恩不仅能够消除潜意识中的消极模式，还能够与各种美好的源泉建立一种连接，就像一座桥梁。当然，这源泉是唯一的，但神圣意识是通过神秘的方式来运作的，通过无限的渠道来激发我们期待的奇迹。而感恩的感觉，能让我们和宇宙的丰饶、充满爱的人际关系以及从灵性散发出来的治愈力量保持一致。

在我们的生活中，我和妻子简已经多次证明了感恩的力量。20 世纪 70 年代，我在生意上遇到了困难，我用了几天时间祈祷和冥想，希望找到解决的办法。一天早上，当我起床时，我听到一个声音充满卧室：“坦然地信任。”对我来说，这意味着生意的问题已经解决了，而在这个过程中，我要做的就是让自己的思想平静下来，也就是说停止担忧，并相信这个神圣的过程。之后，一种强烈的感恩之情笼罩着我，在接下来的几天里，我的头脑和内心不停地说“谢谢你，上帝”，然后，混乱中突然出现了完美的秩序与和谐。

1993 年 12 月 30 日，简心脏病发作，在家中的病床上停止呼吸。当时，我体会到一种超然的感觉，几乎没有什么情绪反应。甚至，当急救人员对我说“很抱歉，我们没能留住她”时，我也不认为简会离我而去。在某种意识层面上，我相信她会回来，而且会很快康复。大约四分钟后，她真的苏醒过来了。

后来，在医院等待医生的诊断报告时，我的感恩之情如泉水奔涌，这种感觉前所未有。在等候区里，我不断地祈祷，这祈祷只是对她能够治愈和修复生命力量的无比感恩。第二天早上，简也表达了对生命、对这段不可思议经历以及这种奇妙感受的感恩之情。医生也对她的苏醒惊讶地摇头，对她的病情这么快恢复觉得十分惊讶。感恩融合了爱和喜悦的能量，当时医院到处都是病人，如果在那段时间里发生了其他神奇的自愈案例，我也不会感到惊讶。

当我们怀揣感恩之心生活时，恐惧就无法打倒我们，内疚也会从我们内心消失，心中只剩下和平、爱、宽恕和理解。对我而言，这就是生活的全部。

通往奇迹的捷径

迈克尔 · C. 兰恩

迈克尔 · C.兰恩是美国芝加哥第一宗教学会的一位牧师，他的著作包括《高效广播广告》《好事即将发生》和《承诺的力量》。迈克尔是一个充满魅力和活力的演讲者，对他的客户以及所有与他接触的人来说，他的人生哲学都是一种成功。

如果说实现奇迹有捷径可走，那便是感恩的态度。当人们学会感恩时，就会敞开心扉，接纳一切。感恩能唤起"接受法则"。

学会使用"谢谢"这两个简单的字，可以帮你达成你想做的事情。比如，你想在餐馆里预订一个特别的位置，那就要提前感谢那里的经营者，这样一来，通常会让你如愿以偿。我可以举更多的例子，但我相信你已经明白我的意思。

不知你是否思考过，当你在感恩的时候说"谢谢"会发生什么？让我们想一想，你说"谢谢"，在一瞬间，你和你感谢的人之间就建立了一种亲近的关系，这句话会让对方感到被需要、被欣赏，甚至觉得自己很重要。换言之，"谢谢"会让人感觉很棒。

一个简单的事实是，没有给予就无法收获。所有博学的哲学家都告诉我们这一法则："我们选择给予什么，我们就会得到什么。所以，事实上，是我们自己选择从生活中得到什么。"对于那些还没有学会这个简单道理的人来说，这是多么可悲啊！

不要随意相信我或者其他人所说的，你应该亲自试一试，说声"谢谢"，看看它给你的生活带来的变化。试着在预期结果出现之前就说声"谢谢"，你会惊讶地发现，你的生活很快就会充满美妙的结果，有些人称其为"奇迹"。

说声“谢谢”会给你带来什么？当你让别人感觉良好时，你自己也会感觉良好。当你让别人觉得他们很重要时，你也会觉得自己很重要。让自己感觉良好、重要，甚至被欣赏，这是多么美妙的事情啊。对别人说“谢谢”，就像对你自己说“谢谢”一样，会给你带来同样的尊重和满足感。

遵循这种生活法则是一种奇妙的感受，知道了某些法则也意味着去尊重这些法则。“感恩和接受”法则是一门公认的科学，对这些法则持有信心，并经常加以实践，会让你拥有更多创造力。

当你学会欣赏和尊重别人，明白他人为了让你生活更愉快而努力时，带来的改变可能是令人惊讶的。你的经历是你一手创造的，所以应当尊重和欣赏你的经历。既然你的未来取决于你的选择，你就要找机会展示这种形式的爱，而爱总能带来积极的、创造性的行动。

改变人生要从养成感恩的态度开始，从说“谢谢”这两个简单的字开始，此后美好就不会离开你的左右，而且感恩总能让你得到加倍的回报。现在，选择权在你手上，证明感恩的力量，你就是在实践人们所说的最高形式的祈祷。

顺便说一句，感谢你阅读这篇文章，感谢你花费时间，同时也感谢你！

感恩具备治愈的特性

弗兰克·黎塞留

弗兰克·黎塞留博士是美国加州雷东多海滩教会的牧师，也是国际宗教学组织的前任主席。他从宗教运动的创始人欧内斯特·霍姆斯那里得到了很多宗教方面的训练。每天，“生活理念”广播节目都会播出黎塞留博士充满活力的演讲，该节目已经播出了25年。他著有《财富的联系》《转世：灵魂的继承》和《做自己的艺术》。

感恩不仅仅是一种高尚的态度，也是一种强大的有治愈力的意识工具，对于创造一个人渴望的生活体验至关重要。当你专注于感恩时，你就会意识到生活中美好而令人向往的事物，你实际上是在赞美和祝福你已经拥有的东西。这种认知是对宇宙法则的运用：喜欢已有的，就会拥有更多。

感恩就像一块磁铁，吸引着和它相关的东西。比如，你因为疼痛而躺着，那就在健康方面练习感恩吧。感激你所拥有的健康，把注意力集中在你身体依然感到正常和健康的部位。当你经历任何一种疾病时，让你的思想停留在健康上尤为重要。同时，感恩并接受美好，感恩你身体的其余部分仍在为你工作，赞美并祝福它们，你的身体是能够自我修复的。感恩之心就像生命之树的肥料，它能促进健康和成长。

当你被一种混乱的境况压倒时，感恩会让你的内心无限平静，这是让你的思想和情感充满平静的时刻。感谢宇宙的神圣法则和秩序，并学会运用它们。当你对健康和平静充满感恩之心时，解决方案和治愈效果就会不期而至。当你不知道如何应付下个月的开支时，你会充满紧张和捉襟见肘的想法，你需要意识到那最终的解决之道是对富足的感恩。遇到任何问题或情况时，对自己说：

我感恩完美的健康和富足，我为神圣之泉打开流淌之路，让它们找到通向我的通道。感恩所有在我意识中生起的快乐，感恩此刻拥有的健康。我感恩能在意识层面有机会了解更多，并继续成长。

你所关注的东西会显现在你的生命中。我们的灵魂导师深知这一点，以至于他能够感恩那些无形的东西，因为他知道，通过因果法则，这些东西会变得真实且有形有相。我们所认为的“问题”是那么近，从身体、精神和情感层面困住我们，它们是如此“真实”，以至于我们很难客观地看待它们。这种情况下，将注意力从它们身上移开是十分必要的，最好能把注意力放在我们所期待的结果上，放在那个在“无限智慧”中已经实现的结果上。

我们必须超越问题，认识到祷告能够得到应允。我们必须把不可见的变为可见的，其方法就是在意识层面沉浸于我们想要获得的东西，而非沉浸于事物的表象，这样，我们就能把问题变成机会。不论麻烦来自何处，这是我们缓解紧张、走出困境的方法。当我们这样做时，我们便进入了解决问题的道路。我们当中的许多人对自己所拥有的东西表示感恩和感激，但有多少人会对即将得到的东西表示感恩和感激呢？试着养成这样说的习惯：

感恩我即将得到的祝福。感恩家里的气氛越来越和谐。感恩那些促进我成长的美好经历。感恩我即将接受的新事物。感恩自己对生命抱有感恩的态度，这种态度打开了通往更加丰饶生活的大门。

这样做，你将不再纠结于现状和境遇，而是在你自己的意识上下功夫。

你将在意识层面学会期待得到最好的结果。你无法同时心怀感恩又心怀怨恨，你必须摆脱每个人和每件事都与你作对的想法。你还必须摆脱你把生活搞得一团糟而你却无能为力的观点。

当你心中的感恩之情如泉水一般喷涌而出时，它会给你带来前所未有的健康、快乐、成功和机遇。如果你被某种情况或问题压垮，无法看清自己的道路，无法思考和感恩，那么就这样做：

坐下来，有意识地回想那些你真正感恩的人和事，想想以前你是如何渡过难关的。一旦你对过去的祝福有一种真诚的感恩之情，你就会意识到本源的力量继续给你带来指引、重生和恢复。接着把你的想法投射到当前的困境之外，对你即将得到的东西心存感恩。

《圣经》是赞美和感恩的诗歌，是在困境中唱诵的歌谣。在糟糕的环境和处境中，诗人的信心从未动摇过，他赞美、祝福和感恩，因为他知道上帝永远都在，上帝掌管着宇宙，创造着终极的美好。也许诗人并不总是理解为什么会遇到困境，毕竟，人类的眼光在困难时期是有局限性的，但他的信念从未动摇。

感恩十分重要，因为它不是一种冷冰冰的精神上的被动接受，它像阳光一样温暖，使花朵盛开。它能化解困境，并让所有期望的美好成为现实。

你应当为自己能够自由选择而高兴，你就是你自己的规则制定者。现在对自己说：

感恩是一种治愈的力量，它进入我生命的每个部分，令我的生命改变，让我变得坚强，焕然一新，并使我的人生更加圆满。感恩之情在我心中涌动，我内心充满了深深的感恩，它让我的每一次经历变得更加充实。

感谢上帝

穆雷·塞勒姆

已故的穆雷·塞勒姆是一名演员和编剧，曾创作阿诺德·施瓦辛格主演的热门电影《幼儿园警察》。

感谢上帝

穆雷·塞勒姆

我奶奶已去世多年，她是一个不会读书写字的纯朴的叙利亚农妇，然而，她却有着虔诚的信仰。无论她在做什么，总是将“上帝”挂在嘴边。不仅如此，她还会说“感谢上帝！感谢上帝”，每天至少一百次。这不仅限于好事发生的时候，如果汤从锅里溢出来，弄得一团糟，她清理的时候，仍然会说“感谢上帝！感谢上帝”。

我问她为什么要为一些不好的事情而感谢上帝，她笑着说，当不好的事情发生时，就是因为我们忘记了与上帝（比我们更高的力量）的联系。对于当时的我而言，这听起来很奇怪。她坚持要我也这么做，我擦伤了膝盖，她让我说“感谢上帝”。奇怪的是，这似乎真的有用，我的膝盖感觉好多了。

我五岁的时候开始上学，因为种族背景，那些蓝眼睛、金头发的孩子常常取笑我。因为我肤色黝黑，他们给我起了个外号叫“黑鬼”。因此，我讨厌上学，我恳求父母不要再让我去学校。他们为我感到难过，却无法时刻在我身边保护我。奶奶听说之后告诉我，每当那些孩子叫我外号的时候，我应该说“感谢上帝”。对于奶奶的建议，我认为这是我听过的最愚蠢的办法。

几天后，一群男孩对我大喊：“黑鬼！黑鬼！黑鬼！”我强忍着泪水，竭尽全力不让自己显得怯懦，不让他们看到我流泪。但我控制不住自己，眼泪已经夺眶而出。

此时我想起了奶奶的那句话——“感谢上帝”。我开始默默地对自己重复：“感谢上帝！感谢上帝！”苍天，真的起作用了！我不知道到底发生了什么，但眼泪很快就止住了。突然间，我不那么在意同学们如何对待我，也许是因为我觉得我现在有了一个新朋友：上帝。

这些都是很久以前的事了。从那以后，我成了一名成功的编剧，周游世界，遇到了很多可爱的人，我从未想过自己的生活会如此丰富多彩。这么多年来，我也一直没有忘记说“感谢上帝”，有时我一天会说一百遍，就像我亲爱的祖母那样。

现在我就想这么说：“感谢上帝！感谢上帝！”

对一切心怀感恩

肯尼迪·舒尔茨

肯尼迪·舒尔茨博士是美国亚特兰大宗教学会的创始人和牧师，他是新思想领域著名的教师和讲师，他的讲座和研讨会录音在美国以及世界广泛发行。舒尔茨博士拥有纽约大学咨询硕士学位，并于1987年首次当选宗教学国际组织主席时被授予宗教学博士学位。著有《真理的传承》和《你就是力量》。

德国伟大哲学家歌德在他漫长的生命即将结束时说，如果他抛弃了从别人那里获得的所有恩惠，他的生命便不剩下什么。随着年龄的增长，我希望自己的智慧也随之增长，我确信这句话对我而言是绝对正确的。我身上所有有价值的东西都来自一路上别人给予我的美好，并且我很明智地接受了这些美好。一路上，也有人对我造成伤害，但感恩的力量让我能够宽恕他们。我从点点滴滴中发现，一旦我开始启动感恩的内在力量，就会拥有超越事件本身的体验。

这意味着我们需要感恩。无论是别人给予我们美好的事物，还是我们所战胜的来自他人的那些伤害，我们从中都收获了源源不断的美好。如果你的智慧没有得到增长，你不可能从那些伤害中幸存下来。有时候，似乎是我们选择了从最艰难的经历中获得智慧。

我们不可能把此刻领悟的智慧带到过去，并以正确的方式重来一遍。无论智慧之神如何运作，我们都只能接受它，勇往直前，把事情做得比以前更好。但是，大家要明白，没有一样美好的东西是我们应得的，直到我们拥有它。如果我们不能心怀感恩地接受，就无法真正拥有任何东西。换言之，在你说“谢谢”之前，它还不属于你。我们要感谢谁？感谢上帝！

在我们与他人相处的过程中，做到心怀感恩总是那么不容易。但是，我们总是可以感谢上帝，因为我们从以前的经历中获得了一些有价值的东西。一旦你习惯了经常为生命中的一切感谢上帝，你就会知道哪些东西是你应当感恩的，感恩也随之变得容易许多。

当我们赞同“凡事感恩”这句古训时，我们未必赞同“凡事”这个条件，觉得对坏事心存感恩似乎是不理智的。需要提醒的是，不要盲目地被美好的事情吸引，或是被糟糕的事情打败。在所有的事情中，最好花点时间感谢上帝，因为无论是最好的还是最坏的，你最终都会超越它们。你会找到超越它们的方法，并从这些经历中变得更强。

以感恩的态度面对一切事物，一切都会焕然一新。不论是好的还是坏的事情，感恩的态度都会让我们从中获得有价值的东西，因为这会让我们与上帝相连，那是我们生命的创造源泉。要想让这创造力以最完美的方式流入我们的思想和心灵，我们就必须敞开心扉。所以，不要仅仅因为害怕即将到来的美好不能持续，或者你正在经历的困境没完没了，就让感恩的意识停滞不前。

要花时间去感恩你内心那永恒的智慧，因为它知道如何利用这一切为你带来最好的结果。如果你这样做了，你就会在生活中收获最美好的东西，理所当然地摒弃除此以外的东西，我们就能从这个可笑的旧世界中解脱出来，活得更为轻松。我们越是能够宽恕别人，就越能够活得轻松自在。同理，我们越能够对生活本来的样子自然流露感恩之情，就越能超越那些让我们跌倒或贬低我们价值的无稽之谈。

我很喜欢爱克哈特大师这句话："随时准备好接受上帝的礼物，也要随时准备接受新的礼物，并且永远记住，上帝愿意给予的比你愿意接受的高出一千倍。"

那些阻碍我们接纳的是封闭我们意识的东西，它让我们不知如何以感恩的心态来面对生活，阻碍我们利用上帝赋予我们的力量，从生活中获得最好的结果。用真诚和信念与上帝建立永久感恩的关系，这样就能清除人生中那些糟糕的东西，这便是凡事感恩的态度。

感恩的力量

罗恩·斯科拉斯蒂科

罗恩·斯科拉斯蒂科博士是一位杰出的心理学家、灵性咨询师和作家，在人类意识研究方面拥有超过25年的经验。自1978年以来，罗恩一直是深刻智慧的代言人，一种超越物质现实的爱的灵性存在。他著有《地球历险记》《治愈心灵，治愈身体》以及《灵魂之门》。

在繁杂的日常生活中，人们通常会忽视感恩的力量。许多人都不知道感恩之心可以给我们的人生带来强有力的、有益的改变。

比如，感恩之心可以抚平情绪，加深爱的感受，带来更多快乐和幸福的体验。感恩也能激发内在强大的力量，开发直觉能力，最终让人获得更深层次的灵性体验，更强烈地意识到自己作为一个恒常灵魂存在。

若想对感恩有一个清晰的理解，你可以从生活的两个方面来观察它：第一，对自己恒常存在的自性感恩，这包括灵性层面与情感表达之间的互动；第二，对物质世界中的经历心存感恩。学会对自己的恒常存在心存感恩，可以试着去体会自己作为一个独立个体，居住在一个身体当中，你有非凡的能力去体会“自我”，去感受“这就是我”。你有能力在物质世界中思考、感受和行动，而这些往往被视为理所当然。如果你能意识到那些恒常存在通过操纵无比复杂的能量，才能让你此刻居住在这个身体当中，你就会被巨大的感恩之心和爱所填满，为这个躯体、“自我”、他人和芸芸众生感恩。

你的恒常存在也与美丽、强大和灵性能量联系在一起，这些能量不断地从创造生命的力量中流入你的身体。通常，你意识不到这些创造力和神圣力量，但如果你每天花几分钟安静下来，与它们连通，就能渐渐地感受到它们的存在，这样的体验可以让你大彻大悟。你可以全然地欣赏和祝祷在灵性维度不断发生的奇迹，这能帮助你继续在物质世界中更好地生活。有了这样的经历，你会发现唤醒感恩的意识十分容易。

感恩的第二个方面与你的情感表达有关，它根植于欲望、野心、满足、快乐、沮丧以及主观体验的各个方面。如果某天你遇到消极的事情，比如金钱损失或失恋，那么你不太可能心怀感恩。另一天，你得到了数百万美元的奖金，你就会很容易感恩。由此看来，当你有了愉快的经历，你的愿望得到满足时，你通常会心存感恩。而当你的主观经历是消极的，你就很难心存感恩。这些都是非常“自然”的反应，人类世界的事情通常会决定你何时心存感恩。

重要的是，无论你的日常生活发生了什么，你都要鼓励自己尽可能多地去感恩，这样你就不会被环境以及由此触发的感受所操纵。换言之，如果你只能在一切顺利的时候对生活心存感恩，那么在面对挑战时，你就会缺乏这至关重要的感恩之心。

每天，你可以试着花些时间来体会对生命的感恩之心，即便在你遇到挑战的时候，你也可以对自己说：

无论此刻我对生活中发生的事情抱有怎样的感受，我都不会被其左右。我可以自由地释放我正常的想法和感受，向上帝以及伟大的灵魂敞开心扉，并为有幸在当下活着而深深感恩。

试着扩展你感恩的范畴，超越那些让你高兴的经历，这将对你大有益处。你应该对那些帮助别人的经历心怀感恩，你应该对成长过程心怀感恩，即使这需要你付出努力。有些感恩体验只有在充满挑战的环境中才能获得，有时候，充满挑战的生活环境比舒适的感受更能激发你表现出更大的勇气、力量、耐力和创造力。你应该感恩那些充满挑战的环境，因为这拉近了你与他人的距离，使你能够更充分地表达你的同理心和同情心。

将你的感恩范畴拓展至更多的生活情境中，即使在你的愿望没有得到满足的时候，你也能时时处处对生活心存感恩。学会在不同的情境下激发强烈的感恩之心，会让你感觉更强大，更有创造力，更有成就感。

每一天，无论你短暂的人生经历是快乐的还是充满挑战的，你都能够激发更多的感恩之心，并这样对自己说：

我很高兴自己拥有这种非凡的机会，能够在地球上经历这奇迹般的人类生活。我很感恩，在我人生中拥有各种各样的经历。我赞美我的灵魂和爱的力量，它让我的生命成为可能。

感恩是一种心态

伯尼·S. 西格尔

伯尼·S.西格尔博士是一名退休的普通外科及儿童外科医生，目前从事医疗保健和医学教育。他是特殊癌症患者（Exceptional Cancer Patients，EcaP）项目的创始人，著有《爱、医学和奇迹》以及《和平、爱和治愈》。

我认为感恩是一种精神状态，而不是一种与健康或财富相关的生活状态。我最感恩的人是我称之为生活囚徒的人，什么意思呢？我指的是那些被囚禁在身体里却对生活心存感恩的人。我相信，只要你感恩生活，将它看作一个给予爱的机会，你的生活就会发生改变，并能按照自己的愿望生活。

这种观点来自我认识的许多患有各种疾病或身体残疾的人，但我称他们为健康人。为什么这样称呼？因为他们印证了我同事的父亲（一名全科医生）曾经说过的话："真正的健康是即便没有它，也能好好生活的能力。"

山姆·基恩为我讲述了一位患有卢伽雷氏症*朋友的事迹。他的朋友病的很重，连呼吸都十分困难。山姆去拜访他，并称赞他的生活态度。朋友问："我有别的选择吗？"山姆说："你可以抱怨或者呻吟。"他的朋

---

* 卢伽雷氏症又叫肌萎缩侧索硬化症（ALS）或运动神经元病（MND），它是上运动神经元和下运动神经元损伤之后，导致包括球部（指延髓支配的这部分肌肉）、四肢、躯干、胸部、腹部的肌肉逐渐无力和萎缩。卢伽雷氏症的病因至今不明，20% 的病例可能与遗传及基因缺陷有关，另外有部分环境因素，如重金属中毒等，都可能造成运动神经元损害。卢伽雷氏症早期症状轻微，易与其他疾病混淆，患者可能只是感到有一些无力、肉跳、容易疲劳等症状，渐渐发展为全身肌肉萎缩和吞咽困难，最后导致呼吸衰竭。

友说："我从来没这么想过。"

如果问大多数人觉得生活是否公平，他们都会大声说："不公平！"越是富有的人，喊的声音越大。我们必须认识到，虽然生活是艰难的，但它并非是不公平的。每个人都有自己的困难，关键是要学会如何面对它们，甚至善加利用。

母亲总是对我说："这是命中注定的。上天正在改变你的人生方向，会有好事发生的。"这很像卡尔·荣格*的态度。有人告诉我，荣格会对那些提到悲惨遭遇的朋友说："让我们开瓶酒吧，会有好事发生的。"如果有人提到一些好事，他却会说："那太糟糕了，但如果我们团结在一起，也许我们能帮你渡过难关。"你听了这些可能会发笑，但事实上，超过90%的彩票中奖者，在中奖的三到五年后会抱怨说，彩票毁了他们的生活。

《圣经》或《塔木德》告诉我们什么？《圣经》说："正如人子来，

---

* 卡尔·荣格（1875—1961年），瑞士心理学家。1907年他开始与西格蒙德·弗洛伊德合作，发展及推广精神分析学说长达6年之久，之后与弗洛伊德理念不和，二人分道扬镳。荣格创立了荣格人格分析心理学理论，提出"情结"的概念，把人格分为内倾和外倾两种，主张把人格分为意识、个人无意识和集体无意识三层。他的理论和思想对心理学研究产生了深远影响。

不是要受人的服事，乃是要服事人。并且要舍命，作多人的赎价。”《塔木德》告诉我们：“凡因自己遭受的苦难而感到高兴的人，就会为世界带来救赎。”其他宗教也教导我们在苦难或逆境中会发现恩典或教训。在《约伯记》中，我们也知道苦难能医治人，逆境能使人进入一个全新的世界。

上帝的书桌上有他最喜欢的语录，这些语录能帮助你减轻你的负担，并对生活充满感恩，因为生活给了你以独特的方式给予爱的机会。第一条：不要觉得自己对每件事都要负全部的、不可推卸的、永远的责任，这是我的工作。另一条：你记得的一切我都不记得，你忘记的一切我都记得。

我们生活在各种艰难困苦中，是什么让我们真正感恩并教会我们珍惜生活？是死亡。是的，如果没有身体和精神上的痛苦，我们就无法生存。痛苦保护我们，唤醒我们去关注自己和所爱之人的需求。死亡告诉我们，时间是有限的，并提高我们珍惜生命的意识。正如彼得·诺尔*在他最后的日记中所说：“时间不是金钱，时间是一切。最后一次看到一些

---

* 彼得·诺尔是瑞士著名法学教授。在生命末年，他坦然面对晚期癌症，真实记录了自己最后的日子以及对人生的感悟——《生命守记：一本外国学者的死亡日记》。该书德文首版发行25万册，并被译成多种文字，发行逾千万册。

事物时，几乎和第一次看到时同样美好，你会花更多时间和你喜欢的人或事物在一起，而不是和你不喜欢的人或事物在一起。”

我想说，我感恩生命，感恩有机会分享他人创造的所有奇迹，同时也体会了诸多的痛苦。最重要的是，我很感恩每天早上醒来，我还能意识到我周围的世界。我知道有些人第二天早上可能不再醒来，我们又有什么不同呢?

我认为存在差异的根本原因是我从出生的那一刻起就得到了爱，这让我更容易心存感恩。我请求你们所有人，像一位慈爱的母亲那样对待彼此，这样我们才能对生活充满感恩。如何去爱，由你选择，只需选择付出爱的方式。无论遇到任何人，请对他们表达你的爱。

爱孩子们，那么每个孩子都会感恩生活，感恩有机会服务他人，有机会改变他人的生活。尽管如此，请记住，感恩是一种选择，需要心甘情愿。伊甸园无法维持下去，是因为没有选择。我们可以选择，让我们热爱生命，热爱我们的同伴，并心怀感恩。

用感恩的眼光看世界

克里斯蒂安·索伦森

克里斯蒂安·索伦森牧师是美国加州德尔马海滨教堂的资深牧师。他是南加州神职人员组织前任主席，曾在宗教学运动国际理事会任职。作为一名环球旅行家和真理追求者，他曾带领数百人在异国他乡进行精神领域的探索。作为一名毕生研究形而上学的人，克里斯蒂安的目标是在所有事物中体会灵性的存在。

我五岁那年的新年，祖母送给我一条领结，领结的正面写着“新年快乐”。我不太喜欢这个礼物，并祈祷我不用戴它。向祖母写感谢信，是我最早的感恩记忆。我写那封信的时候，就像我们写任何一封书信一样，我在心中将祖母和我联系在了一起。她是如此关爱我，即便是我收到了最不喜欢的新年礼物，我也从中体会到一种感恩之情。

年少时，这些关于感恩的经历，让我养成了终生感恩的习惯，这给我的生活带来了丰厚的回报。当我们看到生活美好的一面时，我们会情不自禁地保持积极的态度，这自然会把我们从极端消极的态度中解放出来。当我与成功人士交谈时，我发现他们关注的是机会和可能性，而不是风险和困难。这些人对他们收获的成功心存感恩，并相信生活会善待他们，事实也的确如此。

欧内斯特·霍姆斯是宗教学的创始人，他在《宗教学》一书中写道：“我们体内孕育着体验无限的可能性，将其实现是我们的荣幸！”生活期待你相信梦想，当我们选择积极的心态时，我们就会对自己面对的困难心怀感恩，并将它们视为良好的发展契机。与此同时，我们也在这个过程中不断学习和成长。

感恩的心能给灵魂充电，使身体恢复活力。它让我们的灵魂摆脱束缚，让我们的意识提升到一个更高的层面，在那里，意识能带领我们与创造的智慧一同振翅高飞。你可以这样练习，早上醒来后的第一件事，甚至是在你睁开眼睛之前，就去回顾和感受你生活中所有美好的事情。不要说："天呐，总算是天亮了。"应该说："'感谢上帝赐予我这个美好的早晨'，或者'又是美好的一天'，很高兴我还活着。上帝创造了这一天，因此我要快乐地度过这一天。"在你起床之前，至少细数十几个你生命中值得感恩的人或事。

你会惊讶这一天会变得多么美好！但要注意，请不要在别人还没喝完咖啡前，你就兴高采烈起来！

生活是一个内容丰富的广播系统，等待我们去收听它多姿多彩的频道。当我们通过赞美和感恩将注意力转向积极的方面时，我们就会与恩赐的频率接通，似乎有某种磁力把我们的意识吸引到永恒存在的、不断扩大的美好事物上，我们的意识和潜意识好像都在努力吸引那些对我们精神状态有益的事物。通过感恩的眼光，我们能发现更多值得感恩的事物。"凡事感恩"，包括从祖母那里收到的那个领结、我们的身体和我们每天的呼吸。

对生活中美好的事物心存感恩并不难，如能对"所有的事情"都心存感恩，就会让你处在极度的和谐之中。今天早上，当我坐在家门口的德尔玛峭壁上迎接新的一天时，我沉浸在这美丽的景色中，心中充满了敬畏之情。鹈鹕在水面上滑翔，我感到自己与它们融为了一体。我感受到海豚冲浪时的喜悦，看见鲸鱼巨大的鳍露出水面，在那一刻我也感受到了自然界的威严。

今天早上醒来，在狂喜的那一刻，我也意识到自己在呼吸，似乎与潮汐的涨落和风的节奏完全一致，与草地上的波纹和整个世界和谐一致。那一刻，我清晰地感受到每一粒沙子，我感觉在我内心深处，我与整个宇宙完美地同频共振。

当我再回到个体状态时，我还能说些什么呢，唯有说声“谢谢”。

感恩的展现

哈尔·斯通，西德拉·斯通

哈尔·斯通博士和西德拉·斯通博士都是临床心理学家，著有《拥抱自我》《拥抱彼此》和《拥抱内心的批评家》。20世纪70年代初，哈尔在美国洛杉矶创立了治疗技术中心，这是美国最早的整体健康医疗机构之一。西德拉在洛杉矶经营一个面向青春期少女的住院治疗中心。自1982年以来，他们除了在位于加州北部海岸门多西诺县的家中进行培训和写作，还一直在美国及其他地区旅行和教学。

无论是多么积极正面的情绪，人类的情绪本质上不存在好与坏的分别，一切都取决于我们如何使用或引导这些情绪和感受。我们具备体会某种能量的能力，至于如何去呈现这种能量，我们可以做出恰当的选择，这也决定了我们如何运用我们的想法、感觉和体验。我们能够选择一种特定的情绪或思想，使其以一种对世界有益的方式呈现出来，感恩也不例外。

感恩和爱在本质上是相互关联的，因此人们经常同时体会到它们。也就是说，既要有人去体会感恩之情，也要有人通过做某些事情来产生令人感恩的事情。在转化过程中，感恩是基本的问题，它通常是在觉知老师的帮助下被挖掘出来的个人感受，同时，它也是移情关系的一部分，无论在任何类型的教学、培训和治疗关系中，它都存在于师生之间。在本文中，“老师”一词包括任何治疗方式的治疗专家、治疗师或作家。“学生”则包括任何接受帮助的人，无论是客户、受试者还是病人。

关于感恩，令人困惑的一件事是，一个人可以通过多种不同的方式来体验感恩。随着时间的推移，感恩的体验和表现方式与一个人的进步水平有着极大的关系。我们想知道感恩是如何在有意识和无意识的情况下表现出来的，在这两种情况中，会产生不同的结果。在老师和学生的治疗关系中，以及寻求更高意识的个人与团体互动的关系中，我们也将关注这个问题。

在无意识的状态下，感恩之情往往通过一个人“孩子”的一面表现出来。所谓“孩子”的一面，是指在老师和学生之间存在一种类似家长和孩子间的互动，对老师而言，学生扮演了孩子的角色。在老师和学生之间，可能产生十分强烈的感情，但它们仍属于亲子互动的范畴，我们将这种互动称为绑定模式。

比如，得到灵性导师帮助的人，往往会与导师产生一种特殊的情感关系，学生心中充满了感恩和爱，学生的“杯子”完全满溢了。这是师生关系中自然的、有机的组成部分，并且爱和感恩是灵性启蒙的组成部分。然而，这种形式不会一成不变。

这样的亲子互动会带来怎样的后果，如此美好的关系是否会变得消极？如果感恩之情都来自学生“孩子”的一面，就很难赋予学生心灵力量，因为学生内在的小孩仍然处于无意识的状态。在这种情况下，学生在精神层面也许会继续成长，但会对老师表现出过度的依赖，并倾向于保持乐观的师生关系。学生会因害怕任何形式的消极情绪而不对老师做出反应，因为他们内在的小孩害怕失去这种爱和亲密的联系。

正如我们所指出的，这是意识过程中非常自然的一部分。如果老师理解这一点，学生就会意识到自己的脆弱，并认识到训练内在的小孩是自己的责任。只要这些灵性寻求者能够开始朝这个方向前进，他们便具备了拓展意识的条件，也将获得心灵力量，拥有抵抗脆弱的能力。

随着这个过程的发展，感恩的本质开始经历一个重大转变。灵性寻求者仍然感激别人给予他们的帮助、爱、美好感受和其他的一切。然而，除此之外，还有一种个人力量在发展，愿意冒险表达自己的感受，做出可能会破坏现状的反应。现在承担这样的风险是比较安全的，因为外在老师不再是内在小孩的父母，个人意识成为看顾自己内在小孩的父母。

感恩之情，通常能够开启爱和同情的感受。在治愈技术中，它是师生互动的情感纽带和基础。在无意识的状态下，感恩会导致过度强调积极的感受，从而导致对爱、感恩和同情的依赖或过度强调。但在保持觉知的状态下，这些情绪不但能够得到充分的体验和欣赏，也不会干扰学生获得心灵力量的过程。作为老师，这应该是我们的终极目标。

感恩是一种存在方式

莎伦·斯特劳德

莎伦·斯特劳德博士被评为1991—1992年度国际女性人物，她是荣格心理学家、励志演说家、顾问和教师，拥有25年相关工作经验。她也是生命庆典中心的创始人，该中心致力于灵性方面的教导、治疗和授权工作，并支持世界和平、关心受虐待妇女儿童以及防治艾滋病等事业。她还是挑战中心创始人，该中心致力于帮助截瘫和瘫痪病人重建生活。她还曾担任美国宗教学神职人员联合会主席。

感恩是一种存在方式

莎伦·斯特劳德

感恩是一种生存方式。如果我们能认识到生活中的一切都是宇宙给予我们的礼物，而我们称之为“生活”的东西，是我们回馈给宇宙的礼物，我们的意识就会进入更高的层次。感恩是一种有形的物质，它会从心存感恩的人身上散发出来，并能渗透到环境、衣物和其他物体当中。

感恩作为一种“生存方式”在人生和生命中呈现。当我们意识到一切生命都在能量的振动频率上运行时，这就说得通了，我们赋予生命的能量也会回馈给我们。当我们在生活中没有得到我们想要的结果时，事情就变得棘手了。然而，如果我们愿意，就能够通过每个经历获得它想要传达的信息，并接受紧随其后的礼物，这为奇迹创造了空间和可能性。

小时候，我家依靠六七亩核桃林为生，并且我拥有一棵“特别”的树，我会爬上去，安躺在树冠之中。它就像一位特别的朋友，我十分感恩有它的陪伴。它总是倾听我的每一个想法，并允许我爬上她的枝桠，这样我就可以“鸟瞰”周围的世界。如果我饿了，她会给我提供美味的果实，让我心满意足。我也会用核桃壳制作小船，用纸板和牙签制作船帆。没错，这棵树是我的朋友，我心怀感恩。

当家里没有经济来源的时候，母亲就会雇人来收核桃，我和母亲会用麻袋把上天赐予的地球上最美味的核桃一袋袋装满，销售核桃带来的收入总能确保我们过上一个美好的圣诞节。那个时候，我还不懂得感激母亲的生活智慧。核桃表面有一层黑色的外皮，会把手染成黑色，并且染到手上的颜色无法快速洗掉，只能慢慢褪去。学校里的孩子们看到后会取笑我，老师也会让我去把手洗干净。

多年以后，当我回想起这段经历，心中会涌起强烈的感恩之情，因为那些经历教会了我去关注当下所拥有的一切，去祝福它，看着它为改善我的处境而不断增长。它也让我对那些在困境中需要理解和爱的人产生深深的同情。最重要的是，我看到了这些行为背后隐藏的爱的力量。

在我 20 多年的工作和生涯中，“感恩的态度”令我受益匪浅。祝福的艺术来自我们愿意放下，并意识到表象之下还有其他的事情正在运行，而我们必须信任这个过程。

做真实的自己让我们获得自由

安吉拉·P.特拉福德

安吉拉·P.特拉福德是《英雄之路：一个女人摆脱癌症的旅程》的作者。当安吉拉第一次得到癌症这个“礼物”时，她意识到这将很快转变她的人生。在经历了一系列的化疗和放疗之后，她发现了伯尼·西格尔医生的书——《爱、医学和奇迹》，并开始练习书中描述的视觉化疗愈方法。她非凡的治愈经历（在西格尔博士的《和平、爱与治疗》一书中有详细的描述），让安吉拉拥有了“洞悉他人”的天赋，从此她开始帮助人们改变他们的健康和生活方式。目前，她教导人们如何通过信仰和爱的力量去体验生活。

“仁慈的品质不是出于勉强，它像甘露一样从天上洒向凡尘……”

当我体会到内心无条件的爱并生起感恩之心时，这句话便浮现在我的脑海，那是来自创造源泉的爱，我知道我得到了宽恕。

为什么我需要得到宽恕，为什么我需要去宽恕？因为我是人类。

通过练习宽恕自己和他人，我体会到感恩之情在我内心涌动，每时每刻都在证明上天的慷慨，这令我谦卑，并意识到我被爱着。

这爱让我敞开心扉，让我成长。我体会到一种深深的联系，那是与创造源泉的交流，以及对他人深深的爱。有人冒着风险来关心我，对于这个奇迹，我十分感恩！

感恩将我们与其他人联系在一起。当我察觉到这个世界缺乏感恩之情时，我意识到，我们在孤立自己，害怕与他人建立联系。亲近他人将真正让我们从精神上与他人心手相连，但有人却拒绝这种体验，从某种意义上来说，我们是在拒绝自己的灵魂。

在早期的疗愈工作中，我感到沮丧，因为我觉得一些来找我疗愈的客户缺乏感恩之心。

我读了阿尔伯特·施韦策在非洲传教时的演讲。很简单，他说，如果你感到没有收获足够的感恩，看看你自己，你是否在表达感恩之情。

我开始实践这些话，并发现我的世界随之改变。做真实的自己，是

做真实的自己让我们获得自由

安吉拉·P. 特拉福德

唯一真正有效地让我们自由的方法。

几年前的一天，我和一位朋友在一座美丽的花园里散步。我突然停了下来，惊恐地看到一只蜻蜓在一张巨大的蛛网上颤动。我看到不断挣扎的蜻蜓惊醒了黑色的大蜘蛛，蜘蛛开始慢慢地爬向猎物。我能感受到那只蜻蜓面对的困境，它在为自己的生命而战！

同情心驱使我迅速拿起一根棍子，只是动了一下手，我就救了那只蜻蜓，这让饥饿的蜘蛛非常沮丧。我把这只蜻蜓带到附近的长凳，小心地从它的触角和腿上取下蛛网。在阳光的照射下，蜻蜓轻薄的翅膀上映出炫丽的彩光，闪闪发亮。之前我一直害怕蜻蜓，而现在我发现蜻蜓是如此美丽。

蜻蜓停在我的手指上，似乎不急于飞走，这太神奇了！过了很长一段时间，我才将它吹走，就像吹走一只瓢虫一样，祝它未来有好运气！

蜻蜓飞走了，然后又飞回来，落在我的肩膀上，而且整个下午都呆在那里。你可能觉得我很傻，但我发誓它是在感谢我！

从那以后，我就和蜻蜓建立了密切的联系。在我内心深处，我想象我拯救了整个蜻蜓王国。现在，无论我走到哪里，我都是蜻蜓王国里一位受欢迎的客人，这样的经历让我内心感觉良好。

一位朋友告诉我，他曾经救下一只猫头鹰。多年来，这只猫头鹰经常来到窗边的树上感谢他。我希望我们人类也能像动物一样真诚自然。

感恩：沉默不语的祈祷

拉玛·J.弗农

拉玛·J.弗农是美国加州瑜伽教师协会的创始人，该协会是《瑜伽日志》杂志的创办者及出版商。拉玛是国际对话中心主席，该中心成立于1984年，旨在为美国和俄罗斯联邦公民创造一个可以通过对话克服分歧的平台。她在瑜伽方面拥有深厚的背景，并与他人共同创立了解决冲突与和平研究所，该研究所采用东西方心理学、灵性原则和帕坦伽利*的《瑜伽经》作为非暴力训练的基础，并创立了解决冲突国际专家团队。

---

* 帕坦伽利是印度圣哲，被尊为瑜伽之祖。大约公元前300年，帕坦伽利创作了《瑜伽经》，印度瑜伽在此基础上发展成形。帕坦伽利是一位对瑜伽具有重大意义的圣人，他撰写的《瑜伽经》为瑜伽提供了所有理论和知识。在这部著作里，他阐述了瑜伽的定义、瑜伽的内容、瑜伽给身体内部带来的变化等。

一位伟大的预言家曾说：“天使在天空盘旋，寻找从无我之心释放出的感恩之光。”

韦伯斯特将“感恩”一词定义为能够体会感激之情的品质。感恩意为内心被崇高的感觉充满或被恩典所充满。由此可知，感恩是给予自己的感激之情，不是一年才感恩一次，而是每一天，每一分钟，每时每刻都如此。感恩在我们生活中无处不在，对他人抱有感恩之心，让我们意识到我们的内心本就是圆满的。

感恩之情就像祈祷，于我而言，这是一种无声的祈祷。感恩之情发自肺腑，它就像一个带有翅膀的小天使，将个人利益、需求和愿望转变为对生命周期和生命模式的超然看法。

当感恩成为一种生活方式时，所有的富足，无论是物质的还是精神的，都会同时出现。我们通过个人的能量与宇宙的能量来治愈自己，同时也治愈世界。感恩能让我们拥有更高的能量，从而消除生理层面的紧张和疾病。

如果我们在呼吸时充满了感恩之情，我们就会把自己变成一首充满同情、爱和理解的交响曲，内在的边界消失，我们与唯一的意识合为一体。

即使在生命中最黑暗的时刻，我们也能怀着敬畏和圆满的心情敞开心扉，因为我们知道，危机孕育新的机遇。带着接受和感恩的喜悦，生活中的种种事情就会变成一股稳定、温暖的意识流，将绊脚石变为垫脚石。

感恩是我们对更高力量的奉献，相信有一种比我们自己更伟大的力量在引导、支持和保护着我们。感恩是一种奉献，它创造了一个共鸣的领域，这种共鸣能够统一并赋予个人及全球转变的愿景。

那么，该如何学会感恩呢？每天，你可以通过每个字、每个想法、每个动作来练习感恩。即便你有自己的需求和欲望，也不要忘记问问自己此刻需要对什么事情感恩。在生活中寻找那些能够激发你感恩之情的事情，哪怕一开始它们看起来微不足道。很快，你就会自然而然地感到轻松愉快。感恩不是一年一次，而是每一天都要练习。列一个感恩清单，看着列表不断壮大，你就会关注生活中的富足，而不是仅仅关注匮乏。

你的生活是完整和圆满的，你要确认并坚信这一点。你不必向外寻找，你自己就是答案。你就是宇宙，包含在自己的完美之中。正如莎士比亚曾经说过的：“采取这样的态度，即便你没有，它也将是你的。”

你可以随时随地练习感恩，只需将意识放到你的呼吸上。当你吸气时，想象宇宙意识同时从各个方向拉进你存在的中心，自然地屏住呼吸，让自己沉浸在充实和圆满的感觉中。当你呼气时，把你内心的充实、快乐和丰饶传递给你生命中的所有人以及这个世界。

多年来，我发现了一些对培养感恩之心颇有帮助的建议：

对待身边的人，以博爱的眼光来看待他们。

让你的语言能够治愈别人，而不是伤害别人。

主动原谅别人，主动和解并迈出第一步。

用爱和感恩拥抱你生命中的每一个人，尤其是那些过去或现在给你带来磨难的人。

无论你在哪里，无论和谁在一起，自然而然地付出无条件的爱。

想象你希望在这个世界上看到的和平景象。

对我来说，感恩是一种思想和心灵的态度，它从我们的内心开始，流经我们灵魂的每一部分，无所不至。它围绕着我，要求我想象并向往最高、最好的极致。对我来说，感恩是一种存在方式，而非一种造作，它是对造物主和一切创造物的无尽之爱。

无条件地感恩

多琳·弗丘

多琳·弗丘毕业于美国查普曼大学并取得了两个咨询心理学学位。她在父母新宗教思想的影响中长大。2017年1月，她得到耶稣的灵性启发，她的灵性道路也从此改变，她受洗成为一名基督徒。现在，她致力于帮助人们与真正的耶稣重新建立联系，同时倡导动物权利。她支持她最喜爱的慈善机构——国际希爱会，该机构致力于帮助世界各地的贫困儿童。

“如果心存正见，任何情况都是疗愈的契机。”

——《奇迹课程》

当一个朋友不辞辛劳地帮助你时，或者当你收到一份特别喜欢的礼物时，你很容易心存感恩。在灵性充盈的时刻，我们也很容易流露感恩之情，比如，一场震撼心灵的教堂礼拜，一次深入的冥想，或者某个问题在关键时刻奇迹般地得到解决。

但有些时候，我们体会不到能让我感恩的事物。在这样的时刻，我们是否也能够感恩发生在我们周围的事情呢?

很多时候，我们的感恩之情就像唱片上有一道裂缝，歌曲唱着唱着会跳过一拍。当一切进展顺利的时候，我们的心就会充满感恩。然而，在别的时候，我们却忽略了那始终贯穿于我们生活中的永恒力量，我们会认为“有什么值得感恩的”！也就是说，我们需要敞开心扉，意识到生活的底色，即那些微妙的教训和奇迹。因为，事实上，总有一些事情值得我们去感恩。

伟大力量从未停止过工作，他给我们提供学习和成长所需要的东西。宇宙法则自动且迅速地给我们提供源源不断的机会，让我们发现关于自己的宝贵真相。我们总能获得那些针对当前问题的经验，来解决我们面对的障碍、欲望或者困惑。我们什么都不必做，只需要意识到这些经验即可。如果我们不能意识到问题中产生的机遇，我们就会不断地重复这些错误，直到能够发现它为止。

感恩意味着我们对任何情况都会说："欢迎你！我一直在等你！谢谢你帮助我学习和成长。"当我们以这种优雅的态度面对生活中的教训时，我们就会变得更强大，更有智慧，内心被更多和平的力量所充盈。感恩表明我们相信灵性的因果法则，无所畏惧地面对任何情况，并知道这些不过是我们思想的产物，不存在所谓的惩罚或奖励，它只是一种效应。

凡事感恩，我们会发现任何情况都是一个照镜子的机会，它完美地映射了我们的思维模式。我们所有的处境，无论给它们贴上消极还是积极的标签，都是我们思想的产物。在这个有序的宇宙中，你无法随机吸引一个与你思想不符的情景。如果我们不在意自己所吸引的情景模式，我们可以改变它的来源：我们的思维模式。心灵的成长来自发现不适合自己的思维模式，然后下决心用更健康的思维模式取而代之，这就像是给花园除草。

无论生活中的事情以怎样的形式呈现，都应将它们视作你的良师益友，最终会给你带来最大的好处。它们就像老师，会为你指引方向，帮助你发现并摆脱那些有局限的、基于恐惧的信念。通过它们的帮助，你就能学会信任。你越是选择信任，你就越有能力打开通往和谐与富足的大门。

我的一位客户体会到无条件感恩带来的好处，这个过程颇具戏剧性。在电话咨询之前，我一直在冥想，并专注于爱的觉受。她告诉我的第一件事是，她的车年久失修，需要几百美元来修理，而她承担不起这个费用。

我不由自主地说："这很好！上天一定会为你安排更好的选择，我们应当感激他。"

我的这位客户是一位信仰坚定的女士，她深吸了一口气，犹豫了一会儿，然后接受了我的建议。她说："好吧，我希望自己坚信问题能够迎刃而解，但我不知道该怎么做……"

我说："怎么做取决于上帝，而不是我们。让我们感谢上帝，并相信你所需要的都已经为你准备好了。"她和我一起虔诚地感谢我们的造物主。我们都知道，这种信念很了不起，通常会出现来自灵性力量的、令人难忘的经历。

我们交谈了很久，直到她真正平静下来，并相信她的需求已经得到了满足。显化的基本原则与《圣经》中耶稣的话相呼应："无论祷告祈求什么，只要信，就必得着。"成功的显化取决于三个因素：确认你的需求已经得到满足；相信这是真的；对此心存感激。当我的客户能够在她的思想中平静地达成这三个条件时，我请她就她面对的这种情况向上帝祷告。在这一点上，她汽车的问题一定会得到解决，因为她刚刚已经表现出无条件的感恩。

每当我的客户能够应对类似这样的困境时，我都感到无比欣慰。因为，当一个人在面对糟糕的境遇时能够相信灵性的力量，她就不会再感到自己是孤立无援的。这种亲身经历会让她明白，她永远可以相信上帝。当面对的危机解除之后，每个人最终都会比以前更加信任自己和上帝。

治疗结束后不久，我的客户便打电话给我，并告诉我一个好消息。她几乎是尖叫着说："你是对的，弗丘博士！我的一个同事把她的二手豪华车卖给了我，价格很便宜，而且她只要100美元的首付款！"

自从她选择完全信任上帝之后，她的生活彻底改变了，她意识到生活中的挑战其实是成长的机会。她的生活像光速一样飞速前进，因为她不再担心自己是孤军奋战或处于危险之中。她现在明白这个对所有人都适用的真理：

感恩使我们超越一切尘世的担心和忧虑。

无条件地感恩，能确保我们永远富足和成长。

走进内在无限的自我

斯图尔特·王尔德

作家兼讲师斯图尔特·王尔德是人类潜能运动领域举足轻重的人物之一。他的个人风格颇为尖锐和幽默，带有争议并具有变革意义。他著有16本图书，包括十分成功的《道之五重奏》。《肯定》《原力》《奇迹》《加速》《赚钱的诀窍》等书被认为是同类作品中的经典，他的作品被翻译成12种语言。《无限自我：重获内在力量的33个步骤》是斯图尔特的新作。

这一生，我们精神世界所经历的过程，是从自我回归灵性的一次旅程。自我总是缺乏安全感，具有无数需要得到满足的需求和冲动，也有诸多恐惧。自我十分强调它的想法和宝贵形象，它所持的态度神圣不容侵犯。

人类的人格会自然而然地通过自我确认，把自己加冕为认知世界的“国王”或“女王”。渐渐地，皇室人物的命令和愿望变成不容挑战或打破的法令。让“国王”高兴，满足这个懒汉想要的一切，这是第一要务。

对于一个非常聪明或者十分成功的人而言，无须太多时日，他就能将自己与神媲美。一旦自我或人格将自己视为神明，那么极端的自我重要性便会紧随其后，它会下达命令，提出各种要求，并操纵局势，温柔、灵性和感激都会被压抑。任何违抗“国王”或“女王”的法令，或者不懂得维护他们光辉形象的人，都会引发愤怒和制裁。

现代社会孕育了我们这些独裁者。与祖先们相比，我们活得舒适且任性，自我所需要的一切都触手可及。我们不用耕作，不用砍柴，不用自己去倒污水，一切都有人为我们做好了。于是，人类自然会忘记感恩，一味关注自己的荣誉和重要性。我们就像奴隶一般，只想取悦自我。

然而，你，作为灵性的存在，降生在一个寻求满足感、自负、放纵和混乱的陌生世界。你太过年轻，无法挑战自我的强大力量。很快，你就学会了竞争、斗争以及提出各种要求，你必须让“我”保持愉悦，并且不惜一切代价。

历史是一个“自我”在政治领域冲突的故事，也是为了强调自我、为了权力而斗争的故事。你的个人历史讲述了同样的战争与斗争，签署条约，征服领土，这一切都是为了维护“我”。在这些以自我为中心的混乱局面中，上帝的身影已经模糊，生命存在的意义也被忽视。对大多数人来说，灵性只能在自我沉睡时，在黑暗的小巷里仓皇奔走，默默抵抗。

我们是否忘记了对灵性圣杯的追求，忘记了这神圣的旅程？对我而言，这似乎是一个不到 30 厘米的距离，从头脑到心灵，从思考到感受，从需求和满足到感激和谦卑。灵性之旅的至高点产生于“自我”的消亡。

正如我在《变化的风之低语》一书中提到的，耶稣被钉在十字架的故事是一种象征性的教导，它代表了我们的灵性之旅。你看到拿撒勒人耶稣，通过被钉在十字架上，饱受痛苦折磨，从而展现出自我或人格的缩影。抹大拉的玛利亚和十字架下的其他女性代表着“阴”，也就是我们柔弱的灵性无力拯救“自我”，所以只能等待。当耶稣死去后，他被停放在坟墓里三天，这象征着沉默、冥想和祈祷，它代表了内省、自律、谦卑和感恩。当你在内心黑暗的洞穴中向内探索时，这些是你需要具备的品质。在反省和疗愈的过程中，你准备迎接圣灵，迎接上帝在你生命中的回归。三天后，耶稣在墓穴中死而复生，升入天堂。此刻，他拥有了一个新的身份：基督。神圣之光注入了鲜活的灵命，并再一次回到上帝的面前。

我们的旅程也是如此。在这个神圣的旅程中，我们疗愈自己，并为治愈整个星球做出贡献，“自我”必须消亡，否则一切都微不足道。

摒弃那些短暂且愚蠢的事物，用谦卑和感恩的心拥抱灵性，走向内在那无限的自我，在我看来，这是一件美好的事情。在我们所有人的内心深处，都知道如何完成这段神圣的旅程。

我无比感恩生活在这个时代，生活是如此舒适、轻松，这将是一个实现个人突破和灵性转变的完美时代。在我看来，这很酷，非常酷。

最神奇的一天

玛格丽特·O. 沃尔夫森

玛格丽特·O.沃尔夫森是一位国际知名的故事家和成长顾问。她曾在肯尼迪中心、联合国、悉尼歌剧院、美国国家大剧院、普林斯顿大学和哈佛大学等多地演讲，并以她独特的表达深深地打动了观众。她著有《海龟纹身：寻找和实现梦想的永恒故事》和《雨女神的婚姻》。玛格丽特现居美国纽约市。

感谢上帝赐予这最美妙的一天：为灵动的绿树和梦幻般湛蓝的天空；为一切自然的、无限的、肯定的事物。

——卡明斯

窗外的景色美得令人窒息，森列的悬崖沿河耸立。每当太阳从夏日的云层中探出头，阳光便倾洒在树叶和河流上，闪闪发光。

房间的陈设同样养眼。一尊佛像立在樱桃木的桌子上，佛像脚下的水晶石闪闪发光，菲律宾雕刻匠人巧妙地捕捉到他捧腹大笑的永恒瞬间。还有一些照片，上面有家人、朋友和我曾经到访的遥远地方，这些照片令屋内的景致更为迷人。

这最神奇的一天还包括一种满足感，因为我正在做一件自己十分喜爱的事情。此时，我坐在安静且整洁的公寓里写作，手边有一杯热气腾腾的苹果花茶，茶水让空气都变得甘甜。这一切，让我感到无限温暖，这温暖来自感恩的心。

当然，对生活中的那些挑战、悲伤、愤怒或沮丧之事，我们也应当心怀感恩。正如诗人西奥多·罗特克所说："在黑暗中，眼睛会变得敏锐。"作为一个讲故事的人，我读过许多神话和传说，其中不少人都支持这个观点。很多故事告诉我们，虽然蛇和蟾蜍之类的动物令人不悦，它们却往往守护着黄金和珠宝。同样，痛苦的经历也并非毫无意义，剥去痛苦的外壳，你就会看到灵性的珍珠。

之前，我的一个研讨会参与者，她的故事完美地诠释了感恩的力量。她叫玛莉索，在贫民区中过着让人不堪的日子。尽管她父母中一方努力工作且收入稳定，但另一方却酗酒成性，而且大多数时间都不在家。玛莉索遭受着来自家庭的虐待，并且在这样一个凶险的环境长大成人，最终导致她生活堕落。精神上的崩溃，让她身陷毒品的深渊。

30岁时，玛莉索怀孕了，同时，她还得知自己是艾滋病病毒携带者。即将成为母亲的事实成了她人生的动力，她突然有一个梦想，想要改变自己的生活，于是她开始寻求帮助。她对所有帮助自己的人，包括咨询师、心理辅导员、神职人员、同龄人和医护人员，都表达了深切的感恩之情，许多人都不遗余力地帮助她。来自好心人的支持，再加上她自己强大的力量，她最终创造了奇迹。

在我写这篇文章的时候，玛莉索正从药物滥用中逐渐康复。尽管她携带艾滋病病毒，但她的健康状况良好。她曾经用可卡因燃烧自己的生命，如今她在努力为自己和两岁大的胖嘟嘟的女儿创造一个崭新的未来。

我们感受生活中美好的事物并表达感恩之情，但这并不代表我们要被动地接受生活中那些不如人意的事情。如果我们希望将贫乏变为富足，我们就必须关注财富而非贫困。在不回避问题的同时，我们还需要找到值得赞美的事情。抱怨只会让我们的注意力集中在缺失的东西上，而这种力量会逐渐塑造我们的外在世界。

更多地去关注我们周围的美，这有助于培养感恩之心。比如，喝一杯冰镇饮料解渴，在刮风的早晨躺在被窝里尽情享受温暖，看着微风吹散蒲公英的冠毛，或者在月色金黄的夜晚聆听蟋蟀的合唱。无论事情大小，如果我们能谦恭地注意到这些事情，就会唤起我们的感恩之心。

遗憾的是，我们在太多方面都缺乏感恩之心，虽然有些并不容易被察觉。比如，有太多人匆匆忙忙地生活，有忙不完的任务清单，因此忽略了生活本身的精彩。我们路过仙境般的风景，却几乎没有注意到它们。吃饭时，我们狼吞虎咽，对那些为我们提供营养的蔬果，连一句无声的感恩都不曾说过。对于别人的善举和帮助，我们要么视若无睹，要么没有表达足够的感恩。我们把精美的图书随意丢弃在地板上，将那洁白、挺括、写满智慧的书页视为无物。我们被个人生活的需求包围，常常忽略那些在我们人生旅途中支持我们的朋友、家人和同事，或者对他们出言不恭。太阳，作为生命之源，也难逃被诅咒和抱怨的厄运，似乎它是我们必须早早从被窝爬起来的罪魁祸首，让我们不情愿地开始新一天的劳累。

许多美洲原住民都有表达感恩之情的传统，尤其是对大地。像许多人一样，我被纳瓦霍人祝福歌的庄严之美所感动。据说，这种仪式性的歌曲力量巨大，可以让那些痛苦的人与世界重归和谐。

不久前，我看了一部纪录片，一位纳瓦霍歌手向一位老妇人吟诵了一段“美丽之路圣歌”，这首歌曲旨在消除这位女士的焦虑。歌曲描述了这位病人与山川、草木、晨雾、云彩、雨水、露珠和花粉之灵的联系，通过感受周围丰富自然的美，歌手为老妇人的治愈做出了贡献。

同理，感受和表达感恩本身就是一剂良药。当我们感到与周围的一切联系在一起时，我们会感到幸福。尽管生活和苦难是交织在一起的，就像彩虹和乌云、阳光和阴影、疾病和健康一样，但感恩就像是一种信仰，它能帮助我们明白苦难并不是生活的全部。

感恩的告白

露易丝·海

在我生命的深处，有一口流淌不尽的感恩之泉。我现在允许这种感恩充满我的心灵，我的身体，我的思想，我的意识，我的存在。这种感恩之情从我的身体流向四面八方，流遍我周围世界的每一件事物，并以更多的感恩返还给我。

我越懂得感恩，就越能意识到它是无穷无尽的。学会感恩给我带来美好的感受，它是我内心喜悦的一种表达，为我的生命带来温暖的感觉。

我感恩我自己和我的身体。我感恩我拥有视觉、听觉、嗅觉、味觉和触觉。我感恩我的家，我很爱护它。我感恩我的家人和朋友，我很高兴拥有他们的陪伴。我对我的工作心存感恩，并在任何时候都会全力以赴地工作。

我对自己的天赋和能力心存感恩，并将不断地以令人满意的方式展现它们。我很感恩我的收入，我知道无论我走到哪里都会成功。我感恩过去所有的经历，因为我知道这是帮助我灵性成长的一部分。我感恩大自然中的一切，并尊重每一个生命。我感恩今天，也感恩未来的每一个明天。

我感恩生活，从现在直到永远。

我自己对感恩的想法